星期三郵局

水曜日の手紙

森澤明夫
Akio Morisawa

邱香凝 譯

目次

某人的話語改變了你。
你的話語也改變了某人。
世界就這樣改變下去。
今天你會說出什麼樣的話語？

1章　井村直美的空想

我是全家最早起，也最晚睡的人。
早起是為了給丈夫和兒子做早餐和便當。
晚睡是為了在不被任何人看到的情形下做「秘密的事」——話雖如此，可不是什麼犯法的勾當。
只是寫日記而已。
家人都睡著後，偷偷地寫。
掛在客廳裡的時鐘秒針滴答聲一點一點消磨內心，獨處的空間裡，我盡可能坦率做自己，寫下自己想說的話。
其實我不太擅長寫文章。
真要說的話，是很不擅長。
可是，我的日記內容很短，所以沒問題。使用跨頁一星期的行事曆手冊，一天只寫短短的幾行字。
不過，我會慎重選擇遣詞用字。
寫日記是為了將當天自己心中產生的「心毒」轉換為語言文字。藉著彷彿自言自語般一字一字吐露的過程，用話語溶解淡淡毒素，再滴到行事曆手冊上。大概是這種感覺。

「寫日記」這個行為對我而言就像「淨化」。證據是——每次寫完心情都會變得輕鬆一點。和抱怨給誰聽的意思差不多，我學會了這個小小的淨化儀式。

排毒帶來快感。

所以，我養成了寫日記的習慣。

第一次寫日記是約莫一年前的事。起因是職場上司的職權騷擾，火大之餘忍不住寫了些難聽話發洩。後來，我又陸續對惡意欺負我的婆婆、遲鈍的丈夫及漸漸疏遠父母的兒子寫下內心不滿，也把對社會的抱怨、對天氣的抱怨和對電視劇結局的批評都轉換為文字。

話語時常傷害人心。

可是，只是悄悄寫在日記裡的話，就不怕傷害到任何人了。

所以，我繼續放心地像這樣吐出心中的「毒素」。

內心一邊唸著「淨化、淨化」。

✦✦✦

五月清新的風輕輕吹過領口間。

坐在原木打造的咖啡廳露台上——

透過樹葉縫隙灑落的日光落在裝有香氣馥郁伯爵茶的白色杯中，閃閃發光。

「呼。」

我情不自禁嘆了口氣。

高級住宅區的風吹起來原來是這種感覺啊，不免有些佩服。

「怎麼了，直美，怎麼忽然嘆氣？」

隔著桌子坐在對面的伊織這麼說著，對我微笑。她身上的絲質罩衫也被清爽的風吹得飄逸。

「就有點感動，覺得這間咖啡廳真棒啊。」

「是不是？這間店一定很快就會紅的。」

這間剛開幕三個月的「Pâtisserie Miharu」，起士蛋糕和紅茶千層蛋糕都是絕品美味，吃過的人讚不絕口，人氣正在水漲船高中。

話說回來，我究竟幾年沒來這種時髦咖啡店啦？

伊織毫不做作地穿著一身清純服裝，和店裡的氣氛非常融合。相較之下，以為只是跟高中同學喝個茶的我隨意做了休閒打扮，真擔心自己一個人和周圍顯得格格不入。

伊織和我高中時隸屬同一個硬式網球社。交情雖然不到摯友的地步，即使現在彼此都邁入了四十歲的人生大關，一年還是會像這樣相約個一兩次，互相報告近況。

「隔一條街的對面也有很棒的咖啡廳喔，那裡可以帶狗，我們家常去。」

伊織住在離這裡走路只要五分鐘的獨棟透天，家裡飼養大型犬。她和帥氣的先生把狗當孩子一樣疼愛，經常在網路社群上傳照片，大家都知道她過著非常優雅的生活。

總覺得，彼此好像活在不同世界了——

看著沐浴在上午十一點陽光下的伊織，我不置可否地答腔「哇，不錯耶」。

這時，伊織忽然轉換話題說：「啊、對了，今天是星期三呢。」

「咦，是嗎。」
「直美，妳聽說過星期三郵局嗎？」
星期三？郵局？
「不知道，那是什麼？」
我搖了搖頭。
「就是啊……把自己在普通的星期三這天做了什麼、想了什麼寫成一封信，寄到星期三郵局。」
「嗯……」
「然後，那間郵局的人會把來自全國的信大洗牌，再分別寄給陌生人。」
「也就是說——只要寄信出去，自己也會收到不認識的人的信？」
「對。簡單來說，就是交換信件的服務，就像跟不認識的人交換『普通的星期三』日記一樣。」
「是喔。」
「不覺得聽起來很棒嗎？」
「嗯，好像是滿有趣的。以前的人不是也會寄瓶中信嗎？海裡漂來的那個，就像那樣吧。」

「對耶，或許就像那樣。有一種偶然相遇的感覺。可是啊，我個人覺得刻意把內容限定在星期三這天發生的事，這點特別好。」

說著，伊織吃了店裡受歡迎的起士蛋糕，瞇起眼睛說「嗯——果然好吃」。總覺得她就連這種時候的動作都變得優雅了。

我也吃一口紅茶千層，配合她說「這個也好吃」。

「直美，妳要不要試試看？」

「咦，試什麼？」

「就是我剛說的啊，星期三郵局。」

「伊織，妳有在寄喔？」

「就是有才推薦妳嘛。等到快忘記的時候，忽然收到不認識的人來信，那個瞬間會非常緊張喔。一邊讀信一邊想像對方的星期三，感覺也是有點浪漫。」

「浪漫啊……」

這說不定是和最近的我最無緣的一個詞彙。

「啊、當然啦，說是浪漫，收到的信可能來自鄉下爺爺，或是有很多煩惱的國中男生。可是啊，從信裡就能感受到這些平凡無奇的人們即使在自己小小的普通人生中，依然懷著各式各樣的心情，大家都是拚命活著的喔。總覺得，怎麼說呢，讓人很感動。」

小小的普通人生——

拚命活著——

嫁給金龜婿，過著光鮮亮麗生活的伊織說出這種話，總覺得有點高高在上。會這麼想，一定是因為我的心已經變得骯髒了吧。女人過了四十就難以維持純白。隨著細紋比例的增加，心也會生鏽。

「這樣啊，那我上網查查看，有時間的話也試著寫信寄去好了。」

只有大人才有辦法像這樣微笑撒謊。

「嗯，直美也是浪漫主義者，一定會迷上的。」

才不會迷上呢。

即使這麼想，我還是露出微笑，拿起有小小握把的茶杯。這裡的紅茶比我家附近咖啡店賣的貴三倍，但不知道是不是因為茶葉放在茶壺裡泡太久，喝起來很苦澀。

「所謂的星期三郵局，其實不是由真正的『郵局』營運喔。」

伊織喜孜孜地繼續分享我不感興趣的話題。我當然知道她沒有惡意，所以也只是一邊說著「是喔、這樣啊」答腔，一邊姑且聽她說。

按照伊織的說法，星期三郵局這項服務，原本是熊本縣津奈木町「繫美術館」的一項藝術專案。主要發起人是美術館策展人、藝術家和電影導演等童心未泯的大人。最近這項藝術專案正悄悄引起不少人的討論。

「啊、對了，跟小百合說的話，她應該會開心寫信吧？」

伊織提到令我懷念的名字。

小百合是以前我們網球社的社長，個性認真老實，喜歡寫東西，又比別人更容易感動。如果是她的話，聽到這個建議一定會比我開心多了。

「不錯耶，告訴她吧。」

「嗯，我會的。」

我會的——？

「咦？伊織，妳有跟小百合見面喔？」

「偶爾啦。上個月就碰面了喔。正好就在這間店，這個位子上。」

「啊、這樣啊……」

我沒問「誰先約誰的？」只刻意用開朗的聲音說：「小百合最近好嗎？」網球社時代，和小百合組雙打的人是我，比起伊織，我和她的交情本該更好才對……

「嗯，她還是一樣很有活力喔。上星期吧，傳了她兒子生日時的照片給我。」說著，伊織拿出手機，找出照片。「啊、妳看，就是這個。」

我湊上去看她遞出的手機螢幕。

十歲左右——眼睛和小百合長得很像的男孩，坐在生日蛋糕前笑得很開心，還比了「YA」的手勢。站在孩子身後的是個子高大，看起來很溫柔的先生和瞇著眼睛笑的小百合。

「小百合的氣質從高中就沒變過呢。」

我說著可有可無的感想。

「嗯，講話方式也沒變，眼角還是那麼下垂，聲音也像卡通人物一樣，很討喜。」

「這樣啊。」

我嘆著氣這麼說，強忍刺痛內心的疏離感。

「直美家的兩位少爺也很大了吧？」

「咦？我家的？嗯……是很大了。」

我家有兩個兒子。

老大是高三的大介。宣稱將來想當海洋生物學家的他，正在努力準備考大學。老二是國二的亮介。他的夢想是籃球選手，參加社團活動也很拚命。一個十七歲，一個十四歲，都是開始和母親疏遠的年紀，在家跟我能不說話就不說話。

「有照片嗎？」

「欸？我家孩子的嗎？」

「嗯，有的話，我想看。」

我不好拒絕，而且也不是什麼需要隱藏的東西。

從皮包裡拿出手機，分別找出兒子高中和國中入學時拍的照片。

「哇，已經這麼大啦？」

伊織睜圓了眼睛。

「真的是一轉眼就長大了。」

「別人家小孩的成長真是快得驚人呢。」沒有小孩的伊織感慨地說。「妳先生的呢？」

「咦？我老公的照片？」

「嗯。」

伊織笑咪咪地點頭。

「最近好像都沒拍……」

這不是說謊。

丈夫現在根本沒有心情拍照。

他和父親一起經營製造工業用刷具的在地工廠，老實說，已經是靠週轉在經營的狀態。雖然擁有幾位老經驗、技術好的師傅，卻沒有足夠資金購買最新型的機器，只能一年一年減少人手。不只如此，丈夫是典型的「第二代」經營者，個性穩重又溫和，最不擅長裁員那種事，最近因此壓力大到胃痛。

「妳先生是社長吧，很忙嗎？」

伊織歪著頭問。

「不是不是，我們家雖然算自營業，但社長是我老公的爸爸，他媽媽是執行董事。我老公只是常務董事而已。可是啊，他每天都忙得像條狗。」

這也沒有騙人。丈夫每天下班回家都一副身心俱疲的樣子，一下說「胃痛」一下說「背痛」，懶洋洋地吃完我做的飯就去洗澡，洗完就倒在床上睡得不醒人事了。

「這樣啊，太忙也很那個呢，要是能趕快穩定下來就好了。」

伊織擔心地皺起眉頭。

「是啊，但也不知哪時才能穩定下來……」

我洩漏出真心話，最後又是輕聲嘆氣。

小鳥飛上附近的行道樹枝頭，發出可愛的啼囀。

能自由翱翔天空，心情一定很暢快吧——發現自己竟然有這樣的念頭，差點苦笑出來。

「直美，妳和先生的父母住在一起嗎？」

「嚴格來說不算住在一起……可是，住在同一塊地上的隔壁棟。」

說到這裡，年邁公婆的臉閃過腦海。他們幾乎不做事，只因擁有「創辦人夫妻」的身分就一副自以為了不起的樣子，真教人看不順眼。我先生忙得身體都快撐不住了，至今依然只是常務董事。不只如此，完全不工作的公婆收入反而比我先生多，這也讓我很不爽。

更誇張的是，他們把工廠經營惡化的事怪到我先生身上，胃潰瘍則是沒能好好持家的我的錯。甚至還說青春期的兒子們變得比以前冷淡是我的教育方式出問題，繞著圈子挖苦我。

像是為了吐出肚子裡冒出的黑色霧靄，我開口說：

「老實說，和先生的父母離得太近果然是件麻煩事。他們對生活上的大小事都要干涉，每天都像活在他們的監視下，感覺喘不過氣。」

「這樣啊，那真的是最痛苦的呢。」

「我也想要自由啊。」

明明已經盡可能用開玩笑語氣說了，眉頭還是不禁皺起來。說出口的話聽起來只成了抱怨。

「乾脆豁出去，讓自己自由吧？」

「咦？」

「辦得到的範圍內就行了。」

「…………」

「因為，這是直美的人生吧？」

「嗯，對啊，是這樣沒錯。可是——」

可是……可是什麼？

明明是自己說出口的話，卻不知道後面想接什麼。

「或許會變得很忙，但可以利用空閒時間做自己想做的工作啊。」

說著，伊織優雅微笑。她正是那個從事自己喜歡的工作，每天過著充實生活的人。

在出手大方的先生資金援助下，伊織經營一間使用天然石製作飾品的店。前年那間店開幕時，我還受邀參加了開幕派對。高高興興地去參加，卻被其他光鮮亮麗的參加者嚇傻，沒待多久就閃人了。想起這段苦澀的回憶，看著當時被那些閃閃發光人們包圍，露出動人笑容的伊織，現在竟然和我像這樣坐在這裡喝茶，總覺得有點不可思議。

「我沒跟伊織說過嗎？」
「咦？」
「其實我算是有在工作。」
「是喔？」
「嗯，雖然不是什麼喜歡的工作就是了。」
說真的，其實我或許該在丈夫工廠幫忙才對。可是，在那邊工作鐵定沒薪水，我也絕對不想在公婆手底下做事，所以故意找了外面的兼職。當然，公婆對我出去工作一事沒好臉色，有時還會說些嘲諷的話。
「怎樣的工作？」
「喔，簡單來說，就是網路服飾店吧。」
這不是謊言，只是經過了一番包裝。
「欸，是喔，很棒嘛。」
「不，沒什麼啦。」
因為，說到我的工作內容，就只是在滿佈塵埃的倉庫裡包貨和準備寄貨的單純體力活。為了不吸入太多灰塵，臉上戴了口罩，穿的也是只有方便活動這個優點的俗氣工作服。年紀比我小的男性主管整天耀武揚威，把我當成老太婆，對我頤指氣使。

「可是，妳不覺得有工作的話，心情會比較好嗎？」

「一點也不，那又不是我想做的工作。」

真要說的話，職場反而讓我累積了滿滿壓力。不只如此，我出去工作的出發點本是為了補貼家計，為了工作忍耐著許多事，卻無法獲得家人的認同，真的很不甘心，或者說，覺得很悲哀。每天工作完回家，先生一副累得不想多說話的樣子，兒子們更是躲在自己房間根本不出來。

晚上做完家事，在沒有其他人的客廳裡獨自看電視時，偶爾會忽然感到不安，彷彿只有自己一個人被全世界拋下，懷疑今後是否不會再有快樂的未來——這次伊織傳訊息約我來這間漂亮的咖啡店，剛好就在那種時候。某種程度來說，她的邀約拯救了我。所以，那天的日記中，我一如往常「排毒」後，又多寫了一段「伊織久違地邀我出門，可以去漂亮的咖啡店了。正好不用上班，好期待啊」。

「嗳、直美。」

不知是否錯覺，伊織好像特別積極，隔著桌子往前探身。

「嗯？」

「既然要工作，我覺得還是選喜歡的事情做比較好。」

「那當然啊，可是……」

「能做的話早就做了——對吧？」

「咦？」

想法被她說中，我不知如何回應。

「我當然知道或許沒那麼簡單，可是直美，人生只有一次，這是妳的人生啊。」

「……」

「不好好享受人生的話，就太浪費了喔。」

「嗯，是啊，是這麼說沒錯。」

我點了點頭。然而，現在的我無法坦然聽進別人的說教。尤其是什麼苦都沒吃過就輕鬆實現夢想，笑得那麼悠哉的伊織。被她這麼一說，反而很想反駁。

「直美，妳還好吧？」

眼前是用擔心的視線看我的伊織——

「欸？怎麼了嗎？」

「表情有點可怕。」

「沒事啦。」

她這麼毫不保留地擔心我，感覺更屈辱了。

高中時代，我的成績比伊織好，在班上比她有人緣，在網球社也比她更活躍。沒有運動細胞的伊織甚至沒被選拔為團體賽成員過。先交到男朋友的也是我，還比她考上分數更好的大學。可是現在卻……

「沒事就好。」

「嗯。」

我一心祈求她趕快換個話題。

或許是上天聽見了我的願望，伊織忽然睜大眼睛說「啊、對了……」

「我上次更換房間擺設的時候啊，」

「咦？嗯。」

「找到高中時的畢業作文集耶。」

「……」

我們高中有畢業作文集這種東西啊，我回溯記憶。

「然後啊，我讀了直美寫的那頁。」

「欸，等等，別這樣嘛。」

「啊哈哈哈，抱歉。可是，想說今天要見面，就忽然有點好奇。」

「太丟臉了。」

「對不起嘛。不過啊，一讀之下好懷念喔。」

伊織視線微微往上，像在追憶遙遠的昔日。

「還記得嗎？直美，高中時妳常烤好吃的麵包帶來學校，我們還一起在頂樓吃了。」

麵包？頂樓？

「聽妳這麼一說——好像真有這回事。」

我腦中的螢幕，緩緩映出當時的風景。

後腳跟踩扁的校內鞋。制服裙子碰到膝蓋的觸感。女生朋友們歡鬧的聲音。還有，吹過頂樓，帶有陽光氣味的溫柔微風。

「直美在那篇作文裡寫了夢想的事喔。」

「夢想？」

我寫過那種東西啊？

「嗯，妳說將來想開一間麵包店，賣美味的手作麵包，店內設置內用區，一週兩次開黃色的移動餐車四處販售。」

「……」

聽著伊織的描述，彷彿聽見記憶迴路發出嗶嗶答答的聲音連上了。

沒錯，那時的我曾有過這麼具體又可愛的夢想。實際上，我也站在廚房裡跟廚藝高超的母親學了好幾招，烤出各種麵包。還把順利出爐的麵包帶到學校，請交情好的同班同學吃——

最近好久沒跟媽媽講電話了。

「直美烤的麵包總是好吃得嚇人呢。」

伊織一臉幸福，用親暱的視線看著我。

可是，我卻忍不住想轉頭逃離她的視線。不只如此，還講出和這高雅清新的咖啡店露台一點都不搭的話：
「唉……我的人生不該是這樣的。總覺得好慘。」
「咦──」
伊織挑了挑眉，看似有點訝異。
「我明明沒做什麼壞事。」
自己說完又覺得有點不自在，拿起快涼掉的茶杯，喝一口只有澀味的紅茶。
「我說，直美啊。」
「嗯？」
反正又是要高高在上地指教我了吧。
正當我這麼想著，內心有些抗拒時，伊織把真皮托特包放在腿上，從中拿出一個手掌大的白色小盒子。
「上次講電話的時候，妳不是說常常睡不著，感覺很疲倦嗎？」
「啊、嗯……」
「所以，我就做了這個。」

伊織把小盒子滑過桌面，遞到我面前。

「咦？這是什麼？」

「妳打開看看。」

我照她說的打開盒蓋，裡面是用天然石做的手鍊，沐浴在樹葉間灑下的陽光下閃閃發亮。

「這是……」

「送給直美的手鍊。」

說著，伊織微微一笑。

「欸……怎麼好意思。這種東西很貴吧？」

「沒事、沒事，我們自己做生意，材料大量購買價格可以壓低。」

一邊笑著，伊織一邊隔著桌面伸長手，一一為我說明手鍊上使用了哪些天然石。

「這是綠色紫水晶，有改善失眠的效果。水晶能淨化一切，也有提高運勢的能量。然後，這個藍色的是——」

「青金岩，對吧？」

「啊、直美，妳知道啊？」

「這個程度的還算聽過。」

「青金岩也是能量很強的礦石，據說能招來健康、幸運和成功喔。」

伊織指著閃亮的天然石，但我的注意力都被她做了漂亮美甲的指尖吸引。

「這個，我真的可以收下嗎？」

「當然啊，本來就是特地做給妳的嘛。」

伊織露出穩重的微笑點頭。

和以前一樣，伊織還是那麼溫柔，甚至比以前更多了幾分優雅，整個人容光煥發。這樣的女性當然會遇見那麼好的丈夫，過上美好人生——我這麼想，撿起那串天然石手鍊。

「謝謝，我戴上看看。」

「嗯，戴在左手比較好喔。」

「我知道。」

手鍊戴在我的左手腕上剛剛好。涼涼的天然石觸感很舒服，配色也是我喜歡的。

「不錯耶，非常適合妳。」

「真的嗎？」

一邊這麼說，我一邊舉起手腕給伊織看。

「嗯，太棒了。這樣直美的運勢就會直線上升嘍。」

「什麼直線上升啊——」

「有什麼關係嘛。來，乾杯！」

伊織舉起茶杯，我也苦笑配合。

薄薄的瓷器碰撞，發出清脆的聲音。

我是頭腦簡單的女人，收下漂亮的手鍊，又用茶杯乾杯，光是這樣心情就變好了。連紅茶啜飲起來好像都沒那麼苦澀。

「伊織，妳的指甲油好有氣質喔。」

忍不住把心裡想的話直接說出口。

「啊、妳說這個？」

伊織高興地舉起手。

「嗯。我從剛才就一直覺得好漂亮，自己也想久違地來擦個指甲油。」

「這樣的話，我可以幫妳介紹認識的美甲師朋友喔，她最近超搶手，我的指甲也是她做的。」

「欸、不好意思啦……」

我試著微笑回答，但不確定自己有沒有好好露出笑容。因為，我根本沒有多餘的錢好揮霍在這種事上。要是請伊織的美甲師朋友做，費用應該不便宜吧。我原本想的只是去百圓商店隨便買些工具，玩玩「自助美甲」就好。

「直美，妳什麼時候有空？」

伊織歪了歪頭，笑著這麼問我。

「咦？」

「因為是很搶手的美甲師，就算是朋友也得提早預約才行呢。」

「欸，啊、那這樣不用了啦。」

「咦？」

「我沒有想為了美甲做到這個地步……」

話中帶刺的語氣，聽起來或許像是針對「為了美甲不惜做到這個地步」的伊織。

「為什麼？就去做嘛。雖然可能預約要等比較久，但她技術很好，做完指甲真的很漂亮喔。」

「啊、嗯……」

「做了指甲，心情也會變好呢。」

伊織雙手併攏放在桌上，笑咪咪地看著我說「妳看」。

一陣高級的風吹過，和她的微笑相得益彰，蜂蜜色的陽光從葉縫間灑落，在她繽紛的指甲上跳動。

真的是很漂亮的指甲。

不只指甲，柔嫩的手背和白皙的手指，看起來像是二十幾歲的手。

伊織每天都用這樣的手指製作天然石飾品，賣給跟她一樣閃閃發光的人。

和她相比，就算塗了保濕霜，我的手每天做完家事還是變得乾燥粗糙，表面佈滿打工時捆包商品留下的無數細小傷痕。就連現在這一刻，左右手的手指還各纏著兩片OK繃。

「妳的指甲，真的很漂亮，可是……」

望著伊織白魚般的手指，我把自己的手往桌面底下縮。接著說：

「老實說，我沒有多餘零用錢可以做那種事，所以還是算了。」

說完之後「嘿嘿」一笑的自己好落魄，我緊緊捏住藏在桌下的手。

只不過是收了個漂亮的手鍊禮物，居然得意忘形稱讚了伊織的美甲，結果就是淪落到這個下場。我太不自量力了。

責備自己，藉此保持平靜。

「別擔心費用的事，是我推薦妳做指甲的，下個月又是直美妳生日，就當作我送妳的生日禮物吧。」

「欸……」

「所以……好不好？一起去嘛？」

伊織大方地笑著，沒有一絲惡意。

「啊、可是，抱歉，還是算了。」

「咦？為什麼？」

縮在桌面下的手捏得更緊。

「之後的預定計畫……也還不確定。」

我盡可能說得輕描淡寫，伊織依舊歪著頭，臉上寫著「那是什麼意思？」

「就是，家人可能有什麼預定計畫，我的時間很難先安排。」

「這樣啊。」

伊織終於表示理解。

「抱歉喔，妳特地邀我還這樣。」

「啊、不會啦，完全沒關係的。可是，直美。」

「嗯？」

「偶爾也要給自己製造一點享受的時間比較好喔。」

「……」

「讓自己自由一點，發洩一下壓力，不會遭天譴的啦。」

溫柔的伊織是為我擔心。這我理智上很清楚。非常清楚。可是，為什麼呢？我的心卻和大腦完全相反，負面情緒不斷高漲。

「那種事情，不用伊織說我也知道啊。」

嘴裡說出的話不是來自大腦，而是來自心。

「欸……」

伊織睜圓了眼睛。

就連這表情也非常可愛，像個傻大姐，很迷人。於是，我彷彿被打開了什麼開關，話從心裡不斷湧出。

「妳說的我再明白也不過，可是，有小孩的人實際上沒辦法像妳說的那樣啊。母親的行程基本上都得配合小孩，不可能像自由的伊織那樣老是做自己想做的事。」

說到這裡，我那不可靠的理智才終於發動，勉強閉起嘴巴。

啊、我到底在說什麼啊——

胸中滿是後悔，討厭自己這麼激動。

把自己不中用的人生狡猾地怪罪到兒子們身上，還對好心的朋友講了無情的難聽話，這樣的自己讓我感到厭煩。

正當我想開口道歉時——

「抱、抱歉……」

伊織先開了口。

看著像隻膽小幼犬的朋友，我都難過了起來。

「啊……不是的，我才該道歉。真的很抱歉，伊織。」
一邊道歉，一邊握緊桌面下的拳頭。
「沒有啦。」
伊織輕輕搖頭。
原本停在行道樹枝頭上啼叫的小鳥飛走，像變魔術一樣消失在明亮的藍天中。
高級的風也不吹了。
令人難耐的沉默籠罩桌面。
這樣的沉默，加深我心中的後悔與罪惡感。
「伊織，真的很抱歉……」
我再道歉一次。
「不會啦，我才覺得不好意思。」
繼續互相道歉只是沒完沒了而已。
「唉，已經……總覺得……好討厭自己……」我這麼自言自語，又接著說：「為什麼會這樣呢，腦中有個角落忍不住會擅自拿伊織和自己比較。」

「咦？」

「伊織的先生工作一帆風順，我家的工廠卻只能靠週轉運作。私生活也是啊，伊織能做自己喜歡的事，活得任誰來看都很充實，我卻連一件自己想做的事都做不到，還滿口抱怨……」

「……」

「為什麼會變成這樣呢。」

誠實地把心裡的話說出來，一定會流下眼淚吧——儘管這麼想，實際上我連眼眶都沒濕。反倒是太陽穴附近有種非常空洞的感覺。

「直美……」

伊織擔心地看著我。

「嫉妒朋友什麼的……我真的太差勁了呢。」

說著，我陰沉地嘆了口氣。

伊織嘴上雖然說「沒這回事」，看來也不能照單全收。

尷尬的氣氛中，我們各自喝著涼掉的紅茶。視線游移，想找接下來能說的話。

「噯、伊織。」

我率先開口。

「嗯？」

「問妳一個有點奇怪的問題好嗎？」

「奇怪的問題？」

「嗯。」

伊織顯得有些困惑，但仍小聲說：「可、可以啊……」

「妳覺得真的有『物以類聚』這種事嗎？」

「咦……」

「所謂的同類。」

「這就是妳說的『奇怪的問題』？」

「嗯。」

我點點頭。

那天，伊織的店開幕時，到場參加派對的閃亮亮人們。她們對伊織而言一定才是「同類」吧。老實說，我在那場派對上只覺得很不自在。現在試著回想自己身邊往來的朋友們，也果然都是和那種派對格格不入的人。

「同類——」伊織回答的語氣帶點顧慮。「嗯，或許有吧。」

「這樣啊，嗯，說的也是呢。」

我再度嘆氣。伊織像要安慰我似的，喊了我的名字。

「直美啊。」

「嗯？」

「我從剛才就一直在意一件事。」

「……」

「直美妳啊，最好不要一直說自己『太差勁』。」

「咦……」

「因為，我就連一次也沒覺得直美差勁啊……一直說自己差勁的話，總有一天會覺得真的就是那樣，妳不認為嗎？」

「……」

我找不到回應的話。只是，太陽穴附近的空虛變得更讓人煩躁了。

伊織慢條斯理地說：

「令我感到真的有『物以類聚』這種事，是因為認識我先生之後，透過他又認識了他身邊的人。他們和我不同，那是一種很新鮮的感覺，看到他們聚集在一起時，我總覺得『真是物以類聚啊』。」

我沒說話，只是看著伊織。她大概感受到我的催促，又接著說：

「該怎麼說好呢——大家都很溫柔，又很自由，不會去跟別人比較，總是說著玩笑話，笑咪咪的，使用大量令人舒服的詞彙。」

「這樣啊……」

「嗯，簡單來說，就是能讓一切變得幸福的夥伴們。」

「意思是，大家都是有錢人？」

「咦？怎麼可能。」伊織睜大眼睛否認。「各式各樣的人都有喔。可是啊，在跟這些人相處的過程中，我開始坦率地想，自己也要帶著跟他們一樣的品味活下去。」

「是喔。」

伊織從以前就是直腸子的人，所以才會有這種感覺吧。要是換成我，一定會非常嫉妒別人，待在那群人裡感到渾身都不自在。

「結婚前，我跟先生這樣說了喔。我說，你身邊的人都好開朗喔，真好，我也想變成那樣的人。」

「……」

「於是我先生就說，這樣的話，把我尊敬的前輩告訴我的三句話也傳授給妳吧。」

「三句話？」

「嗯。妳等一下喔。」

伊織從托特包裡拿出四葉草圖案的行事曆手冊，翻開筆記欄。

「妳看這個。我每年換新的行事曆手冊時，一定會把這三句話抄上去。」

伊織遞給我看的手冊上，使用了整整一格筆記欄，寫著下面三句話：

- 不對自己的心說謊。
- 盡可能去做自己認為好的事。
- 讓他人高興自己也會開心。

老實說，這三句都是陳腐的老生常談。可是，我也不可能真的這麼說，只好裝出佩服的樣子回答「受教了」。

「是啊，很棒的話吧？」

「嗯，很棒。我可以拍下來嗎？」

「當然可以。」

我用手機拍下那一頁。隨便假裝自己受到啟發。

單純的伊織看到我這樣，好像放心了一點。

「拍成功了嗎？」

「嗯，拍好了。伊織，這幾句話就是妳的處事原則吧。」

我用佩服的語氣這麼說著，收起手機。

「與其說是處事原則，應該說要是自己也能自然成為那樣就好啦。」

「妳先生也是這樣的人吧？」

「嗯，不過老實說，他的格局比我大多了。」

聽起來像謙虛，其實是毫不汗顏的炫耀。

「那把這幾句話教給妳先生的前輩，又是怎樣的人呢？」

「那個人可厲害了喔。他自己創業，開了在車站大樓和百貨公司內賣健康家常菜的連鎖店，事業很成功呢。」

「什麼嘛，說到底還不是有錢人。」

「咦？嗯，那個人是有錢人沒錯啦。」

妳家也是啊。差點說出這句話，趕快吞回去。

「我說，直美啊。」

「嗯？」

「要不要先試著做些讓親近的家人——比方說妳討厭的公公婆婆——先試著做些讓他們高興的事如何？」

「欸——什麼意思？」

一邊這麼說，我一邊想起剛才那三句話裡的「讓他人高興自己也會開心」。

「因為，要是家裡氣氛好，那不就太棒了嗎？如果能讓妳先生的父母高興，彼此關係也可能獲得改善吧？萬一，就算他們還是做出討厭的反應，至少妳已經嘗試了自己『認為好的事』，一定會喜歡這樣的自己。」

「……」

「不覺得這樣單純心情會很好嗎？」

我突然覺得喉嚨深處冒出苦味，用力吞下口水。接著，勉強揚起嘴角。

「嗯，是啊，心情一定會很好吧。」

「是不是？這麼一來，直美有個好心情，周圍的人一定也會受到感染，直美的生活就會過得愈來愈開心了。」

伊織溫和地微笑。

高級的風再次吹拂，她那頭保養得很好的頭髮隨風搖曳。

糟糕。

我不行了。

已經——

抽出緊握在桌面下的拳頭。接著，我故作誇張地看了看手錶。

「哎呀，都這時間了。」

「咦，直美，妳等一下有事啊？」

「嗯，抱歉。」

說著，我快速起身。接著，從錢包裡抽出兩張千圓鈔票，丟在桌上。伊織急忙壓住鈔票，才不至於被高級的風吹跑。
「咦……直美？」
壓著鈔票，伊織錯愕地看著我。
「那些狗嗎？」
「狗、不但狗，還太多了。」
「多的沒關係。」
「欸？」
「我先回去了。」
「欸？等、等一下啊，直美。」
聽著背後傳來伊織的聲音，我大步橫過咖啡店內。
真是的，以為自己多了不起——
高高在上說那些話。不然妳也來跟我那對公婆住一起試試看啊。妳的意思是，我過得不幸福是因為沒去討別人歡心嗎？因為我沒有做自己「覺得好的事」才會這麼不幸嗎？
經過收銀台前時，看到露出和氣笑容的店員，一句「紅茶太澀，好難喝」

差點脫口而出。

粗魯地推開門，走出去。

直接大步走向車站。

路的另一頭，有位牽著小型犬遛狗的優雅白髮老太太走過來。

擦身而過時，小狗對我「汪」了一聲。

我嘖了一下，用老太太聽得見的聲音說「太差勁了」。

「對、對不起。」

背後傳來老太太道歉的聲音時，我拔腿往前跑。

今天的日記，只寫幾行可能不夠——

這麼一想，眼淚就邊跑邊掉了下來。

✦✦✦

今天也在滿佈塵埃的倉庫裡，灰頭土臉地完成了工作。單純勞動加上一直站著，腿硬得像兩根棍子，鞋子裡的腳也腫得發脹。

回家路上，繞到離車站稍遠的便宜超市買菜，排在收銀台前等結帳。就快輪到我的時候——不知為何，腦中浮現「好久沒煮奶油燉菜……」的念頭。丈夫和兒子們都喜歡吃奶油燉菜。想起三人手拿湯匙大快朵頤的樣子，甩掉瞬間的遲疑，脫離排隊的行列，重新走回店內買齊奶油燉菜的食材。

結束購物，走出超市時，東方天空已染上一抹夜色。

我雙手提著大大的購物袋，走在住宅區裡。一步一步，拖著泥濘般沉重的身體。

一邊走，一邊不經意望向傍晚的天空。

淺葡萄色的遼闊天際多了一道斜斜的裂縫，發出銀色光芒的飛機雲無聲橫過。

幾年沒搭飛機了啊——

我把腳步放得更慢，把心情遠遠拋開，「呼」地大吐一口氣。

回到家，繼續平凡無奇的日常。

把超市買回的食材冰進冰箱，刷洗浴室，煮奶油燉菜，煮好端到餐桌上。對丈夫和兒子喊「吃飯嘍」，大家聚集到客廳。

一家四口一星期能聚在一起吃晚餐的日子頂多只有一天。長男大介為了考大學得去補習，次男亮介放學後有社團活動，先生則是加班。每個人回到家的時間各不相同。

即使難得全家到齊，餐桌上也幾乎沒有對話。兒子們只是默默看著電視吃飯，我問他們「奶油燉菜好吃嗎？」大介露出狐疑的表情說「咦？嗯，還可以……」亮介回答「普通好吃啊」。兩人都沒有惡意，我也知道這是他們直率的答案。可是，看到他們馬上又轉頭去看電視，埋頭吃飯不開口的模樣，我差點就要發出嘆息。

「好吃啊，煮得很入味。」

一旁的丈夫這麼回答。

丈夫這人沒有什麼優點，就是個性溫柔。學生時代（雖然是萬年板凳）好歹也是個橄欖球員，外表還滿帥氣的。沒想到婚後體重少了十幾公斤，和當時的他判若兩人。

「那就好。」

幸虧有丈夫打圓場，我喉嚨深處差點嘆出的那口氣才得以消散。即使只有那麼一點，我仍慶幸在超市時脫離排隊的行列。

滿足了口腹之慾的兒子們各自縮回自己房間。說燉菜好吃的丈夫卻只吃了不到一半就離開餐桌。看來，他還是沒有食慾。

丈夫先洗澡，接著是兒子們。

獨自留在客廳裡的我，關掉電視默默洗碗，把丈夫讀完就放在一旁的報紙收整齊，拿到公寓的可燃垃圾收集區放。

晾好的衣服在沙發上堆積如山。我折起衣服，裡面有一件亮介籃球隊的制服。今年四月升上二年級，成為隊長的亮介高揭「總之先拿下縣冠軍」的目標，每天早上一定去晨練。所以，晚上他也最早上床，和家人交談的時間比以前減少許多。

折著比我的衣服大上許多的制服，想起亮介年幼時天真無邪的笑容。

那時真可愛啊——這麼一想，突然感到寂寞。然而，我卻莫名微笑起來。

折完衣服，重新加熱浴缸裡三個男人洗過的水，我慢慢泡澡。

揉著因白天的工作而發出抗議的僵硬小腿，忽然想起傍晚看見的飛機雲。筆直延伸的銀色軌跡——

啊、一個人旅行也不錯呢……

才剛這麼做夢，立刻又打消念頭。告訴自己，反正也不可能一個人去旅行，愈想只會愈空虛。

「呼……」

在蒸氣裡嘆息，想起了伊織的事。

最近，我內心的負面情緒總是和伊織綁在一起。每當想起什麼討厭的事，腦中就會自動閃過伊織的臉。然後，心窩附近感到一陣沉重。

從把伊織丟在咖啡店裡自己跑掉的那天起，已經過了一星期，我還沒有辦法主動聯絡她。

不是「得坦然道歉才行」這種程度的問題。真心話是，我丟臉得不敢面對她。

當然，伊織也不可能主動跟我聯絡。我對她態度那麼惡劣，她會有這種反應也很正常。再怎麼心地善良的人，肯定也不會再把我當「同類」了。

「唉，我真的太差勁了……」

喃喃低語的聲音，在浴室裡空虛迴盪。

洗好澡，在脫衣間吹完頭髮，再度回到無人的客廳。從冰箱裡拿出麥茶倒一杯，放在桌上。正當準備要喝麥茶時，走廊上傳來開門的聲音。

探頭出來的是大介。

我以為他是口渴了，大介卻說「那個啊……」，難得在我面前坐下。

「嗯？」

我放下手上的杯子，疑惑地歪了歪頭。

「妳能看一下這個嗎？」

大介把一本類似宣傳手冊的東西放在桌上，翻開這本A4大小薄冊子中間的一頁。

「這是什麼？」

一邊這麼問，我一邊把冊子拉到自己面前。

「補習班的宣傳手冊。我想報名那一頁上面的作文課程。」

「作文？」

「嗯。」

大介說，他設定為第二志願的大學，考試科目裡包括了作文。如果能考上那間大學裡他想讀的科系，只要利用系上的留學制度，就有機會出國學習最先進的學問，實現將來的夢想。

「這樣啊，作文……」

「總之，只要能進第二志願以前的大學，應該就能做我想做的海洋生物學研究。而且，這幾間學校都能跟到世界知名教授，好像很有意思。」

「世界級的，好厲害喔。」

「嗯，可是，萬一連志願清單上最後一間大學都沒上——」

「大介的夢想就無法實現了嗎？」

「對啊。」

「這樣啊……」

大介現在已經在補英文、英聽、數學和生物了。老實說，光這些學費對我們家來說，負擔已經很重。
「不用勉強喔，我也可以買參考書自己念。」
「誰說勉強了？」
「因為媽媽妳眉頭都皺起來了嘛。」
「咦？」
大介這麼一說我才察覺。急忙放鬆用力的眉頭，試著對他微笑。
「總之，這不是媽媽一個人能決定的事，明天再跟爸爸商量看看喔。」
「OK。那就拜託嘍。」
淡淡說完，大介站起來。在他背轉過身的那一刻，我喊了兒子一聲。
「啊、大介。」
「嗯？」
「你今天會用功到很晚嗎？」
「今天已經睏了，應該不會讀到太晚。」
「這樣的話，宵夜不吃了嗎？」

大介思考了一瞬間，滿不在乎地說「不用了」。
「肚子餓的話，我會隨便找冰箱裡的東西吃。」
「是喔……」
「嗯，那就這樣。」
連「晚安」都沒說，大介轉身走出客廳。
啪答。
客廳和走廊中間的門關了起來。
安靜的客廳裡，只聽見壁掛時鐘的秒針發出聲響。
滴、答、滴、答、滴……
那份安靜的感覺一秒比一秒沉重。
我忍不住打開電視。
沒見過的搞笑藝人在節目上表演短劇，客廳裡瞬間充斥笑聲。
我鬆了一口氣，一邊盯著電視，一邊出神地思考家人的事。
把青春賭在籃球上，腳踏實地努力的亮介。
懷抱成為海洋生物學者的夢想，用功備考的大介。

為了重振公司，每天拚命工作的丈夫。
仔細想想，他們三人現在都在做自己該做的事，全力以赴。
那我呢——？
差點困在內心泥淖之中的我，慌忙拿起遙控，把電視音量稍微調高。搞笑藝人的笑聲更大了。注意力被電視吸引，策略成功，負面思考暫時變得麻木。

好一會兒，我盯著那其實也不怎麼想看的搞笑短劇節目。
第二次進廣告後，以「知性派」著稱的某個搞笑三人團體開始表演短劇。
三人中的一人扮演醉醺醺的郵差。漲紅了臉的郵差踩著踉蹌的腳步，隨便把信塞進人們的信箱，因而莫名引起一連串的誤解，產生各種搞笑的結果，確實編排得相當有巧思。
看著這齣短劇時，腦中忽然閃過一個詞彙。
星期三郵局——
伊織說的那個服務。
不經意朝牆上月曆看一眼，今天正是星期三。

搞笑團體的短劇結束了。

視線離開電視螢幕的瞬間，伊織悲傷的臉立刻出現在腦中，我感到有點喘不過氣。

「星期三啊……」

喃喃低語，我關掉電視。

滴、答、滴、答、滴……

無人的客廳裡，壁掛時鐘的秒針又開始徘徊。

對了，來淨化一下吧。

把內心產生的「毒素」，變換成文字吐出來。

我一如往常從包包裡拿出行事曆手冊，打開這星期的頁面。

那一頁上，星期天、星期一和星期二的地方，已經寫滿含有微弱毒素的話語。

我不經意地回頭重讀那些簡短的日記。

這時——

毒素。

毒素。

毒素。

那些幾乎像是詛咒的話語逆流回心中，我急忙從日記上別開視線。

等等……等一下——

心裡這麼低喃，做一個深呼吸。

慢慢翻頁，回到上星期的跨頁。

跨頁上是整整七天份的微弱毒素。

其中尤以和伊織見面的星期三，以非常小的字寫著我的不甘、嫉妒、悲哀和後悔。

再往前翻一星期也是……上上星期也是……不管翻回哪一頁，我的日常永遠被微弱的毒素淹沒。

我到底過著多有毒的人生？

這麼一想，心就變得像石頭一樣冷。

腦中無意間浮現溫柔優雅的伊織笑容。

也想起被溫暖家人包圍的小百合的笑容。

然後，又想起為自己該做的事全力奔馳的我的家人。

等等、等一下——

內心再次低喃，閉上眼睛，深呼吸。

過了一會兒，輕輕睜開眼。只有我一個人的客廳裡，聽慣的秒針聽起來更大聲了。

滴、答、滴、答、滴、答、滴……

我的人生，隨著秒針一秒一秒被削去。

當下這個瞬間也毫不留情，準確地削去。

即使往前翻頁、回到過去，我的日記裡也只陳列著一成不變的毒素。

這表示今後我也將持續寫著相同的日記嗎？永遠在充滿同樣毒素的日子裡過生活？

這麼一想，忽然一陣暈眩。

低頭看日記上密密麻麻的文字。

淨化不是壞事。

可是，「總是需要被淨化的人生」不可能是好的人生。

為什麼這麼理所當然的事，我到現在才察覺呢？

滴、答、滴、答、滴、答、滴……

我的生命，被冷漠地削去。

得改變才行——

在某個瞬間改變。

不、可以的話，現在馬上就改。

散發討厭的熱度，一股焦躁瀰漫胸口。

同時，我的手幾乎是下意識地動起來。

啪的一聲闔起行事曆手冊。

把那本因滿是毒素而變得沉甸甸的手冊藏進包包，不讓自己看見。取而代之的是取出筆記型電腦，放在桌上打開。

伊織——

想著為我介紹手鍊天然石時的她溫和的表情，按下筆電電源，連上網路。

我敲打鍵盤，搜尋「星期三郵局」。

「有了……」

一下就找到官方網頁。

打開首頁，跳出一張荒郊海邊的照片。一個非常小的港口，一座積木般的水泥老建築。看來，來自全國各地的信都會寄往這座建築——「星期三郵局」。

看著網頁上的各種內容，包括企劃概念、大綱與工作人員簡介等，還有來自局長的留言。我隨意讀著局長的留言，被其中一小節吸引了注意力。

今天是星期三。

有什麼好事發生了嗎？

還是發生了難受的事？

只要你寫下自己的星期三故事寄來，

世界上的某處就會有某個人閱讀你的星期三故事。

生活在世界上某處的陌生人的星期三故事，

也會寄到你手中。

局長留言裡寫著這段話。

好事。

難受的事。

現在這個瞬間，某個住在遠方的陌生人，也同樣懷著各種心思生活——

滴、答、滴、答、滴……

客廳裡徘徊的秒針聲，一樣正削去遠方誰的生命。

家人、朋友、我自己、大家——

「呼。」

短短吐一口氣。

這不是嘆氣，是下定決心的吐氣。

總覺得銀色的閃亮飛機雲，從我心中筆直地朝「某個遠方」延伸出去。

得改變才行了。

我從官方網頁下載星期三郵局的「官方信箋」，用印表機印出來。

這張信箋上有星期三的日期、書寫正文的欄位以及填寫筆名、年齡和居住縣市的欄位。下方有條切割線，切割線以下是填寫住址和本名的欄位。

也就是說，切割線以上的內容會被寄給某位陌生人。切割線以下則是郵局工作人員要將某個誰的信寄給我時所需的地址和本名。

我凝視放在桌上的信箋。

寫什麼好呢……

寄給某處的某個誰。我不想寫下日記中那種含毒的話語。

姑且回想今天一天自己發生過的事。

從早上醒來、刷牙開始——一路反芻到盯著信箋思考的眼前這一瞬間。然而，腦中浮現的盡是那些含毒的委屈不滿，找不到什麼想告訴別人的事。唯一令我心動的，就只有飛機雲很漂亮這件事而已。

整整一天下來，只有一件感動的事。

只有區區一件？

我的一天到底在幹嘛……

對負面情緒產生反應，伊織的臉閃過腦海。心窩附近倏地沉重下來。

然而，伊織閃現的臉，也讓我想起昔日的夢想。

設置內用區的美味麵包店。

一週兩次開黃色的移動餐車四處販售。

自己也覺得不可思議，一開始回憶這個夢想，就像一陣懷念的風吹過內心淺層的地方，不由得一陣揪心。感覺有點像回憶昔日戀情時那股酸甜的滋味。

當時的我，在想像自己的未來時，一定看見過閃閃發光的「什麼」。

可是，那個「什麼」到底是什麼呢？

這麼想著，視線落在星期三郵局的信箋上，忽然靈光一閃。

「啊、不如——」

下意識喃喃低語。

現在的日常生活找不到值得一寫的事情，也沒有傳達給陌生人的價值。當然，更不可能寫下那些發洩在日記裡的毒素。既然如此，不如以「當年的夢想已實現」為前提，寫下「想像中的星期三」吧。這樣我自己寫起來心情也會比較好，一定能順利寫出通順的文章。

我必須改變才行。

拿起放在旁邊的原子筆。

可是，立刻轉念一想，又從電視旁的抽屜拿出鋼筆。

想像中的我，應該是用鋼筆寫字的人才對——

畢竟，想像中的我可是實現了夢想，獲得幸福的成功人士。

我輕輕閉上眼睛。

試著想像理想中的充實生活。

一間雖然不大，但保持得很乾淨，裝潢設計又可愛的店。笑容滿面的優秀店員用開朗的聲音說著「歡迎光臨」。剛烤好的麵包香氣。煮給內用區客人喝的咖啡香。還有，客人們心滿意足的笑容。

我徹底化身為已實現夢想的幸福的我，慢慢睜開眼睛。

鋼筆的筆尖，落在看起來比剛才明亮了一點的信箋上。

這麼一來，無須特別思考要寫什麼，鋼筆自然而然順暢地滑過紙面。

「閱讀我的星期三的你，初次見面，午安。」

開頭這麼寫。

「我是一間小麵包店的老闆。

今天從一早天氣就很好，客人們帶著爽朗的笑容來店。我們店裡販售的麵包中，最受歡迎的是表面酥脆，裡面包了滿滿奶油醬的菠蘿麵包，以及分量十足，拿在手中沉甸甸的吐司麵包。」

寫到這裡，我嘆了一口氣。

這是意想不到的「幸福嘆息」。

一邊費盡心思不讓自己從夢中醒來，一邊回到想像的世界中繼續振筆疾書。

和常客們閒聊得很開心的事。以前的朋友來店裡買麵包的事。還有，今天是高中時代的朋友生日，特別為她烤了一個驚喜蛋糕，她也非常高興的事。

店裡生意興隆，已經開到第三間分店了……身為老闆，也算是個企業家，但仍會和一手栽培，感情很好的員工一起開著餐車，到鄰近城鎮的國宅社區或公寓附近做不定點販售。這麼一來，愛上我們麵包的客人就愈來愈多了。開車四處販售的做法，增加了與人相遇的機會，我在和客人的交流中總是獲得許多刺激和療癒。遇到小朋友來買麵包時，會贈送他們乒乓球大小的巧克力甜甜圈。這項服務大受好評，小朋友們總是開心地瞇起眼睛抬頭看我們，笑著說「謝謝」。這笑容正是我工作的動力。像這樣享受著每一天的我，有時也會接受時髦女性雜誌採訪，店裡生意愈來愈好了。

雖然熱愛工作，想像中的我也不曾輕忽家庭生活。和丈夫感情好得像新婚，也每天仍為兒子們親手做美味的便當——雖然很想這麼說，其實偶爾還是會偷懶。因為家人都理解我的工作，孩子們反而會說「媽媽，妳偶爾偷工減料也沒關係啦」。

「拜溫柔的家人所賜，我今天也度過了一個『很有自己風格的星期三』。」

寫到這裡，暫時停筆。

因為鋼筆的筆尖似乎快要顫抖。

眨了眨眼——

滴答。

滴答。

水滴落在信箋上。

兩滴水滴落在「溫柔的家人」這句的「溫」字上，鋼筆墨水都暈開了。

我急忙拿面紙吸水。可是「溫」字幾乎完全消失。

溫柔——消失了。

看到這個，感覺更想哭了，我又抽出兩張面紙，按壓眼角。

我的人生到底是哪裡出了問題——

現在發出任何一點聲音都會變成哽咽。

所以，我用力繃住喉嚨，無聲地哭泣。一邊哭，一邊再度拿起鋼筆。

我的星期三還沒寫完。

吸著鼻涕，左手拿面紙拭淚，右手再次寫下想像中的星期三。

「最近我發現一件事。那就是，想讓別人幸福有幾個法則。比方說，我曾經實踐過的是——」

哭泣的我，徹底扮演幸福得教人想哭的成功人士，用有點高高在上的姿態寫下這段內容。可是，大概自己也覺得沒什麼說服力，總是忍不住加上「或許」、「可能」等字句。雖是沒什麼自信的文章，但沒關係。想像中的我，一定就是這樣掌握幸福的。

接著，我在信末這麼寫：

「希望你和你身邊的人都能擁有最棒的閃閃發光未來。希望你們臉上永遠帶著笑容。希望你能活得像自己。謝謝你閱讀我的星期三。」

我一邊哭，一邊打從心底為遠方的陌生人祈禱。

忽然想起剛才消失的「溫」，再次拿起筆。

一筆一劃，盡可能用心仔細地補上去。

✦ ✦ ✦

味噌湯熱好了，廚房裡開始飄散一股好聞的香氣。

用小碟子試個味道。說來理所當然，是和平常一樣沒什麼特別的味道。

寫下星期三的信的隔天早晨，我的日常依然一成不變。一如往常早起，一如往常煮早餐和給兒子們準備便當。

過了一會兒，老舊的走廊傳來地板嘎吱作響的聲音。客廳門打開，一臉倦怠的丈夫走進來。剛睡醒的後腦頭髮亂翹，像豎在頭上的天線，好好笑。

「早。」

我從廚房裡這麼說，丈夫往椅子上一坐，本來開口要說「嗯、早──」，又定睛看了我一眼。

「妳眼皮怎麼那麼腫？」

「咦？有嗎？」

看到我裝傻，丈夫一臉愛睏地瞇起眼睛。

他笑了。

「腫得一張臉好像土偶。」

「真沒禮貌，你自己還不是像頭上豎起天線的機器人。」

說著，我瞪了他一眼。可是，想到這人至少察覺了我的變化，忍不住嘴角上揚。

我把大介想報名補習班作文課的事告訴丈夫。於是，他摸著亂翹的頭髮想了想，馬上就說「嗯，讓他報名吧」。

過了一會兒，兒子們也來到客廳，這是個和平常一樣平平淡淡、慌慌張張的早晨。

沒好好品嚐味道，只是快速扒進胃裡的早餐——只吃一半就不吃了的丈夫開始準備整裝出門，大介、亮介也依序匆忙離家。

這天早上，我也對他們三人的背影說了「路上小心」。

接下來輪到我了。

只化最低限度的妝，衣服也是只有方便活動這個優點。想起伊織送的手鍊，但最後還是留在抽屜裡，沒拿出來戴。在玄關處套上球鞋，朝無人的家裡喃喃說聲「我出門了」。

走出門外，對檸檬色的朝陽瞇起眼睛。

天空是一片透明的藍。

我朝車站方向走，途中偏離平時走的路線，是為了繞去郵局。

肩揹的包包裡，放著昨晚寫好，要寄去「星期三郵局」的信。只不過多了一套信封信紙，光是想到這一點，包包感覺就比平常沉重，真是不可思議。

彎過轉角，看見郵局招牌了。

不知是否錯覺，跨出的腳步好像愈來愈小。

這樣的信……收到的人會不會覺得很無聊——

事實上，從今天早上把信封放進包包後，我就一直這麼擔心。畢竟信的內容從頭到尾都是高高在上，炫耀成功的故事。如果是我收到這種信，肯定沒讀幾行就不耐煩了。

腦中閃過伊織的臉。

真要說的話，有空寫這種信，還不如真心誠意寫信向伊織道歉。我也不是沒有過這個念頭。

就在這時，郵局到了。

郵局還沒開，不過眼前的人行道旁有郵筒。

我從包包裡取出信，把信拿到郵件投入口旁，猶豫到最後一刻。

怎麼辦，還是——

正當這麼想的瞬間，背後出現一位手持明信片等著投遞的老先生。

「啊、不、不好意思。」

其實人家也沒有催促我，我卻慌慌張張地把信封投入了郵筒。然後，快步朝車站走去。

真的寄出了——

早晨位置偏低的太陽從正面照耀著我。

因為太刺眼，我微微低頭走路。

少了那封信，包包好像變輕了。同時，內心似乎也跟著缺了一角，產生一種難以言喻的失落感。

我是不是把自己的夢想給了誰——

這麼一想，就又覺得能夠接受了。

昨晚，寫著那封信，身處想像中的世界時，即使在內心的淺灘上哭泣，仍感覺對核心的部分心動。簡單來說，流下的眼淚有一半是「幸福的淚水」。

車站快到了。

從公車站圓環前橫越馬路。

通過派出所前時，兩個揹書包的小孩迎面而來，噠噠奔跑過去。看起來差不多是四年級和二年級的兩個男孩，臉長得很像，一定是兄弟吧。明明只是在奔跑，兩人都笑得露出牙齒。比較大的男孩稍微放慢腳步，小的那個拚命想跟上哥哥。

擦身而過的瞬間，我感受到他們掀起的可愛的風。這陣風非常自然，帶我回到往日的記憶之中。兒子們揹著同樣書包時的記憶。回想起來，那時的我好像比現在更常笑。和孩子們一起，為了一點小事笑得開懷，同時也有各種擔心、憤怒和悲傷的情緒。

那時的情感不斷在變動。

或許該說，那時的我更像「活著」。

到車站了。

混在人群中搭上手扶電梯。隨著手扶電梯往上，眼前的世界就愈來愈寬廣。

抵達最上面，走進車站的中央廣場。

這時，我心想。

繼續寫下寄給陌生人的「星期三的信」吧。

下次，不要再用過去的夢想當題材想像了。我想要以現在的自己為起點，懷著雀躍的心情描繪想像中的未來。

為工作和家事而疲憊時不寫也沒關係。可是，至少睡前可以在棉被裡享受想像的樂趣。光是這樣應該不會累，又能讓情感動起來。想像的瞬間，我會是「活著」的。

好好活著，睡眠品質一定會變好。睡眠品質變好，早上心情也會比較好。光是這樣，我就不再是昨天的我了。雖然進步很小，也是一種進步。代表我有所改變。

不要再仰賴名為淨化的「排毒日記」生活了。

不過，壓力太大的時候，偶爾還是可以寫一下。把毒素丟進日記之後，只要再次好好想像美好的未來就行了。這樣一正一負，剛好扯平。

一如往常，我穿過車站擁擠的票口。

一如往常，往月台走去。

接下來我將一如往常搭上電車，一如往常在滿佈塵埃的倉庫裡，一如往常受年紀比自己小的上司指使。

光想就有點煩躁。可是，我已經不是昨天的我。無論是想像還是什麼，我已經變成能夠描繪未來的人。

抵達月台，電車剛好到站。

通勤尖峰時段的車內，面帶苦悶表情的上班族們擠在一起。

我心想，大家都活著呢。

這麼一想，繃緊的臉頰放鬆了些，露出微笑。

簡直像什麼可疑人士。

電車門打了開。

被推上月台的乘客們，再次紛紛回到車廂內。電車看起來已經無法容納任何人擠上去了。即使如此，我仍一如往常，像運動會上的推擠競賽那樣，背對車廂吆喝一聲，把自己的身體擠進去。

加油啊，我自己。

想像未來的自己時，不會讓她搭上這樣的電車。

內心如此低喃，感覺好像能用比平常多一點五倍的力氣踩穩腳步。

這樣的踩穩腳步——

也是一種進步吧——

普通的日常生活中，普通的進步。

「這些平凡無奇的人們即使在自己小小的普通人生中，依然懷著各式各樣的心情，大家都是拚命活著的喔。總覺得，怎麼說呢，讓人很感動。」

我想起那天伊織說的話。

我，活著。

活在當下，活在這些差點把我擠出電車外的人們之中，普通而拚命地活著。

每個人都拚了命似的，懷抱著各種心思活著。

車門關閉，電車緩緩往前行駛。

這樣也不壞嘛。

拚命有哪裡不好？

能夠肯定「平凡」，也是一種進步——

這麼一想，嘴角再次上揚……可是，為什麼呢，眼角泛出一點淚水。

電車搖晃，我用力站穩。

宛如沙丁魚罐頭的車廂也拚命地晃動著加快速度。

隔著車窗，望向窗外明亮的風景。
熟悉的街道。
上方是遼闊的晴空，看在我眼中好像還是有點太藍了。

2章　今井洋輝的燈塔

五月的夜空，浮起一彎凜然高潔的弦月。

泡在家附近豪華大眾澡堂的露天溫泉池，我不經意地抬頭看那月亮。

「唉……」

不小心發出了嘆息。

今天雖然不用加班，不知為何，一股倦怠感仍緊緊攀附在脖子到背部一帶。前幾天剛迎來三十三歲生日，疲勞的程度卻像個四十多歲的中年人。

「怎麼了？今井，別發出那種大叔一樣的聲音啊。」

頭上頂著毛巾的小沼岳史噗哧一笑，看著我這麼說。

這傢伙曾是我公司同事，現在一邊從事大樓清潔工作，一邊當個自由接案的插畫家。目標是能夠光靠插畫收入維生，現狀卻是接不到足夠的案子，稿費又低，這條路還走得跌跌撞撞。

「上班族每天都是這麼累的啦。」

我故意把眉毛皺成八字，這麼回答。

「啊哈哈，也是啦，你待的部門承受太多無聊的人際關係，想也知道一定累積了很多精神壓力。」

不愧是曾經在同一間公司共事的人，小沼非常明白我身處的狀況。

「真是的，好羨慕你們自由業。」

「是不是？不過，我得先把話說清楚，邊賺邊花的自由接案者也是每天都在跟不安與貧困奮戰的唷。」

小沼說著自虐的話，咧嘴一笑。

「究竟是要為人際關係苦惱，還是要忍受不安與貧困呢，真難抉擇啊。」

「哎呀，就說各有利弊嘛。」

上班族和自由接案者，各有利弊。

這是我每次和小沼見面都會講的話，不知道重複過幾次了。

小沼和我住得近，個性又莫名合得來。所以，每個月會有兩三次下班後約在附近居酒屋喝兩杯，再接著去唱卡拉OK或像這樣來豪華大眾澡堂共度悠閒泡湯的時光。

「對了今井，這次我參加的聯展，你要來看嗎？」

「喔喔，我會去。」

小沼下星期要和幾個插畫家夥伴舉行聯展。上個月收到他的邀請函，忙一忙就忘記回覆了。

「這次聯展的主題是『海』，我畫得很痛快呢。」

「能痛快地工作真好。對了，記得你老家就在海邊吧？」

「是啊。所以那些我小時候見慣了的風景啦、偏僻的港邊城鎮啦……想畫的題材好多——」

小沼泡在浴池裡，讓熱水蓋過肩膀，露出無邪少年的眼神暢談起各種關於創作的想法。

至於我，感覺眼前踏實追夢的朋友似乎離我愈來愈遠，只能做出「嗯」、「哇」、「是喔」之類簡短的回應。然而，愈是回應，愈明白有一股黑色霧靄般的情感在自己心中打轉，難受得很。

我要是拿出真本事，明明也能成為「那邊」的人。可是，現在卻——

我也曾是外縣市某美術大學的學生。專攻平面設計。

當時只懷抱著「想成為繪本作家」的淡淡夢想，但也覺得一畢業就自稱自由接案作家未免太衝動，姑且先參加了就職活動。然而，我熱切希望能進的四大出版社都在面試時就被刷下。

唯一錄用我的公司不是出版社，是一間企劃開發各式各樣文具的文具廠商。這間公司有個「設計部」，我對設計自有品牌商品也感到一點興趣，當時是抱著「當備案也好」的心情去應徵的。

進了不是最想進的公司，美術大學畢業的我一如期待地被分發到設計部。在那裡認識同期的小沼。

值得慶幸的是，設計部的工作很適合我。不管怎麼說，看到自己畫的圖或設計成為紅包袋、信箋組或便條紙放在文具店裡販售，令我沒來由地高興，不惜加班工作。

出自我設計的商品中，沒有所謂「熱門暢銷商品」，但有幾樣「賣得還不錯」。我總是把這些商品寄回老家給父母。每次母親收到東西，都會開心地打電話給我。

雖然是新進員工，名片上印的「專案設計師」頭銜，依然令我感覺自己像個「創作人」。不只如此，每個月還能有固定收入。部門風氣自由，人際關係也很自在，公司甚至允許我們不用穿西裝打領帶上班。
我對這樣的上班族生活感到心滿意足，還曾想過幸好當初沒有被出版社錄取。
然而，差不多進公司兩年半時，一起愉快工作的小沼忽然說自己「差不多想辭職了」——才說完不久，他就提出了辭呈。小沼給上司的離職原因是「想成為專職插畫家」。
展翅朝夢想飛去的同期，在我心中掀起了一陣波瀾。
簡單來說，我一方面因為「被那傢伙搶先一步」而焦急，另一方面也想「暫時觀察看看小沼的狀況，作為自己獨立接案時的參考」。
成為自由工作者的小沼一直沒有穩定收入，得做清潔大樓的兼差維生。當我從他本人口中聽到這個狀況，內心深處偷偷鬆了一口氣，結果好像也沒原本想的那麼嫉妒小沼了。
希望朋友成功，但又不太想真的看到朋友成績斐然——
懷抱如此矛盾心態的我，從小沼獨立創業後，一直嚐受著莫名窒息的感覺。

進公司五年後，設計部來了兩個新進女員工。因為多了兩個人，我就被擠到業務部去了。

新來的那兩個女孩擁有高超的畫功及設計技巧。不只如此，她們年輕的才華更為這個業界注入一股前所未有的清新氣息，陸續提出各種新穎設計，每一種都順利開花結果。

就這樣，沒有了我的設計部接連推出各種暢銷商品，在公司內的評價水漲船高。

關於她們兩人精采的表現，身在業務部揮汗工作的我也時常有所耳聞。

「那兩個女生這麼有才華，應該很快就會離職接案了吧。」

每次聽到這些風聲，我的情緒就一陣低落，只能無奈地連聲嘆氣。

既然如此，與其穿著侷促西裝，每天做自己不熟悉的業務工作，不如趕緊告別這種東奔西跑的生活，不顧一切獨立接案吧——這個念頭一天比一天強烈。

然而，看到衝動離職後淪落到住便宜公寓，每次見面都在苦笑喊「沒錢」的小沼，邁向自由的這一步我是愈來愈踏不出去。

俗話說「冷石頭坐三年也會暖」，姑且先蹲個三年吧——這樣說服自己繼續當個業務員，日子不斷流逝——正如公司內的傳聞，那兩個天才女孩果然很快離職，各自成為獨立接案的設計師，我則接獲「調往總務部」的人事通知。

在總務部待了兩年，再次回到業務部，不知不覺已經進公司十年——

我的名片印上了「課長」兩字。

升遷得算是很快。可是，一旦成為主管，想回設計部做「第一線」工作的可能性幾乎是零了。

十年……回想起來，十年一轉眼就過，我「蹲在冷石」上的時間未免太長了……

想著這些，差點又發出嘆氣。

「是說……喂，今井，你有在聽嗎？」

頭上頂著毛巾的小沼，眉毛皺成八字，不滿地嚷嚷。

「欸？啊、嗯，有在聽啊。」

吞下已經來到喉頭的嘆氣，我這麼回答。

「那你說說看啊，我剛說了什麼？」

小沼露出不懷好意的笑容。

「呃，你就是說……回老家潛水時，在海裡拍了水底照片，想拿這個來畫幾張圖參加展覽，對吧？」

「不是幾張，是三張啦。」

「喔、嗯，這樣啊。還有，你說這次展覽想把作品做成數位版畫，各自標上編號販售？」

「咦？搞什麼，你有在聽嘛。」

「就跟你說我有在聽了啊。」勉強回答出來的我，故意苦笑給他看。「難得泡露天溫泉。我只是一邊在賞月，一邊還是有在聽的啦。」

「這樣啊，那就好。」

因為已經泡了很久的溫泉，我們暫時先離開浴池，坐在露天溫泉邊緣。初夏的夜風吹拂而來，為我們吹涼泡得發熱的背。

「這次的聯展，比過去我參加過的展覽規模都要大，所有認識的出版社編輯和廣告公司製作人，我全都一一發了邀請函。」

小沼接著開始這麼說。

「真不錯，看來能多接到幾個案子了。」

「是吧？參加聯展的插畫家夥伴們各自動用自己的人脈，希望能為彼此拓展工作範圍。」

「原來如此，也算是互助合作。」

「沒錯，就是這個。我啊，已經快要可以光靠插畫養活自己了。」

「快辦到了嗎？」

「是啊。」

「真的嗎？」

「只要能再多接到一點工作，應該就能辦到。到時候把大樓的清潔工作辭掉，時間就都能拿來畫插畫了。」

「這樣啊。」

「嗯。」

「總覺得……你好厲害……」

真心話脫口而出。

看著小沼的側臉，他的唇邊浮現一抹淺淺的笑。那雙追夢少年般的眼睛，正遠望著天上高潔的弦月。

這傢伙，或許要成為真正的插畫家了——

我內心喃喃低語。

一直以來，面對還沒出人頭地的小沼，有些話我刻意沒提。例如美術大學時代的朋友裡，已經有人成為職業畫家活躍於藝術界，也有人成為自由插畫家。最近，某個朋友在網路上發表了小品四格漫畫，被出版社注意到，集結成冊出版後，不知不覺暢銷了超過十萬本，那傢伙在同儕之間也成了「知名人士」。

和他們相比，小沼的進展是慢了些。

話雖如此，努力站穩腳步，靠一支畫筆成就人生的前同事背脊挺得像拉直的弓，看在我眼裡真是耀眼得令自己不由得悲傷起來。

「啊、對了，雖然跟剛才的話題完全無關……」小沼忽然指著岩石堆砌的寬敞浴池後方說：「我之前就一直想問，那個為什麼要設計得像仿冒的魚尾獅一樣啊？」

小沼指的是朝浴池滔滔不絕湧出熱水的石獸雕像。高度跟一個大男人差不多高，造型倒是令我聯想到沖繩的風獅爺。

「嗯——可能因為這裡的老闆是沖繩人？」

我笑著隨口亂答。

「原來如此，原來那個是像風獅爺啊。」

「嗯，不過只有兩隻腳還挺教人在意的——被你這麼一說再看，好像有點噁心。」

「啊哈哈，的確，仔細一看可能滿詭異的。」

小沼爆笑出來。接著又說：

「一定是故意設計奇怪石像的吧，這裡的老闆應該擁有所謂的玩心。」

「玩心啊……」

一邊答腔，我一邊望向笑咪咪地聊著這無意義話題的小沼側臉。

這位即將成為專業插畫家的朋友——

這麼想著，各種意義上的感慨紛紛湧上心頭。

「小沼啊……」

「嗯？」

前同事朝我轉頭。
「雖然事到如今才在問這個——你辭職的時候都不會害怕嗎？」
「欸？怎麼突然問這個。」
小沼半笑不笑地歪了歪頭。
「不知道耶，就忽然想問……想知道當時你的心情是怎麼樣的。」
於是，小沼雙手盤在赤裸的胸前，眼神透露出一絲懷念。
「嗯，要說不安，也是有點不安。」
「是喔。」
「當然啊，大家都會吧。」
「你真有勇氣啊——」
我嘆著氣發自內心稱讚，小沼卻一臉害羞。為了掩飾難為情，我繼續說：
「還是說，你從以前就是不太瞻前顧後的類型？」
「啊哈哈。」小沼笑了一下。「也是啦，或許我是不太瞻前顧後，不過，總覺得不只是因為這樣。」
「……」

「該怎麼說好呢……雖然不是這裡的老闆，不過或許單純是我的『玩心』戰勝了不安吧。」

「玩心？」

為了這種東西而辭掉公司的工作嗎？

「嗯。因為，我覺得人生大小事都看得太嚴重的話，人生也會過得很吃力。反過來說，若能開心地把人生當成遊戲，人生就成了一場遊戲啦，不是嗎？」

他笑著說出這種帶有哲學味道的話，我聽得大腦差點當機。

「欸，什麼意思啊……」

「意思就是，簡單來說，難得誕生在這世界上，不好好玩一玩就虧大了嘛。一味做著不喜歡的事，人生就這樣結束，我絕對不願意那樣。」

「嗯……」

小沼的話聽起來正確得毫無破綻，我一點也無法反駁。可是，內心深處還是冒出了實際又無趣的反駁。

要是你察覺了人生的「失敗」，還能說這種帥氣的話嗎？

當然，我沒把這句反駁的話說出口。

「就是這樣，我可能也不是比別人加倍有勇氣，只是單純抱著玩心辭職而已吧。」

「是喔……」

「再說，反正我單身，也不像今井那樣有未婚妻，不用顧慮太多。」

輕描淡寫說完，小沼又把肩膀泡進熱水裡。吹了一會兒的夜風，上半身有點冷了起來。我也在他身邊坐下，點頭說「原來如此」。

再次抬頭仰望那彎弦月。

想起未婚妻柿崎照美笑的時候，眼睛也會變成那種形狀。

接著，我像說給自己聽似的說：

「是啊，不管怎樣，我得維持穩定的生活才行。」

「嗯，各有利弊啦。」

小沼一如往常做出結論。我點頭回答「是啊」，又跟剛才一樣從蒸氣裡吐出「唉……」的倦怠嘆息。

「怎樣啦，你真的沒事嗎？」

小沼笑著問我，我重複一次先前說過的話：

「上班族每天都是這麼累的啦。」

✦ ✦ ✦

開車南下半島尾端，那裡有一處臨海公園。

眼前是廣大的草地，沐浴在初夏的日光下，欣欣向榮的草地綠得耀眼。

草地的另一頭是紅褐色的海濱，再過去就是碧藍大海。

左邊聳立著白堊岩砌成的燈塔。

我和未婚妻眺望蕩漾的碧藍大海，沿著海濱蜿蜒的步道散步。

「還是海邊好。」

走在我前面不遠處的未婚妻這麼說著，伸長雙手朝藍天高舉。

逆光之中，纖瘦的她看起來腰更細了。水藍色裙子與栗子色頭髮在海風吹拂下舒服地搖擺。

眼前的光景，真像一幅畫——

正當我這麼想，她一個轉身回頭。

「嗳，要不要以大海為背景自拍？」

她手上拿著銀色的小型相機。

「不錯耶，小柿拍嗎？」

未婚妻姓柿崎，大家都叫她小柿。

「嗯……還是小洋拍吧，你手比較長。」

「OK。」

接過銀色相機，我盡力伸長手臂，食指放上快門鍵。

「這個角度可以嗎？」

「嗯，反正是廣角鏡頭，我覺得可以。」

我們背向大海，臉頰湊在一起，對著鏡頭笑。

「那我要拍了喔。」

「嗯。」

嗶。

「再一張。」小柿說。

「那這次做個鬼臉。」

「欸～」

「啊哈哈，要做出不顧形象的鬼臉喔。」

「欸，等等啦，我想一下怎麼做才好。」

「要拍嘍。」

再次按下快門鍵。

「拍到了嗎？」

我們窺看相機背面的液晶螢幕，檢查剛才拍的鬼臉照。

「哇，真醜。」

「討厭啦，真是太過分了。」

我們毫無心機的笑聲，在悠閒的初夏海邊迴盪。

嗶嚕嚕嚕嚕嚕……

從高空中飛下來的黑鳶唱著歌。

「那我們走吧。」

「嗯。」

我們唇邊還留著笑意，再次踏上散步道。

走了一會兒，看到一塊朝大海突出的大岩石上有人在釣魚。這位釣客揮舞手中看似有五公尺那麼長的釣竿。

「哇，感覺好像不錯。」

說著，小柿停下腳步，鏡頭對著釣客按下快門。

「如何？拍到不錯的照片了嗎？」

「嗯……這張好像滿普通的。」

歪著頭確認照片的她，露出看起來不只小我三歲的稚嫩笑容。我毫無理由地喜歡小柿這種笑容，甚至認為可以永遠看也看不膩。

順帶一提，我從以前就喜歡畫畫，小柿的興趣則是攝影。放假的時候，我們兩人經常像這樣開車兜風，下車後一邊散步一邊記錄美景，各自享受攝影與素描的樂趣。

我們相識於兩年前。

地點是住的地方附近車站前的咖啡廳。

小柿在那間店擔任店長，我是碰巧坐在櫃檯的客人，對她說了句「咖啡非常好喝」。這就是我們的起點。

那間咖啡廳叫「昭和堂」。老闆的嗜好是聽昭和時代的流行歌，常在店裡播放，也就成了店名的由來。店內不知為何擺著神龕和油錢箱，我還沒問過小柿這麼做的原因是什麼。

再次踏上散步道時，我不經意望向與海相反的方向。

「啊、小柿，等一下。我想畫這片風景。」

「你說那座燈塔嗎？」

「嗯，包括燈塔前的景物也都畫進去。不覺得滿不錯的嗎？」

一望無際的藍天與白色燈塔形成強烈對比。前方有五棵高大的椰子樹，正隨風搖擺著。再往前則是海邊嶙峋的岩石堆。

「嗯，錯落有致，是很棒的構圖耶。」

說著，小柿按下快門。

我從背包裡拿出素描簿、鉛筆與橡皮擦。散步道旁正好有個石椅凳，就在那裡坐下。打開素描簿放在腿上，拿起筆很快地畫起來。
小柿坐在我身旁，好奇地探頭過來看我的素描簿。
見我大致上勾勒出岩石堆、椰子樹和燈塔的位置，小柿讚嘆道：
「一下就畫了這麼多，小洋真厲害。」
「快的人還能更快呢。」
我一邊回答，一邊動著鉛筆。
過了一會兒，小柿站起來。
「那我也去散步道那邊拍照喔。」
「喔、好。」
我抬頭回答。
小柿笑得放鬆自在，說聲「我去去就回」，手舉到臉頰旁輕輕揮了揮。接著，轉身走開。
海風吹過波光閃閃的海面，未婚妻就在這陣風中往前走。
蔚藍大海與藍天，紅褐色的岩石堆，石板散步道，搖曳水藍色裙襬，婀娜多姿的女孩背影。

這也像是一幅畫——

我望著小柿遠離的背影看了一會兒，她忽然轉頭，再次對我輕輕揮手。

我也用握著鉛筆的右手回應。

手持銀色相機的未婚妻再度轉身，踩著悠閒的腳步。

「那麼……」

我喃喃低語，視線回到素描簿上，繼續畫素描。

背後傳來海浪拍上岩石碎成浪花的嘩嘩聲。一陣海風吹過，腳下的草叢恣意搖擺，黑鳶依然在天上唱著歌。

沙沙沙沙……用慣了的鉛筆也在素描簿上發出輕快的聲音。

我一邊感覺身體變得輕盈，一邊一頭栽進創作的世界。徜徉於三次元的景物與二次元的素描簿之間。這是一個非常、非常單純的世界。

就這樣過了一會兒，我盡情享受從時間觀念中解放的愉悅時刻。

✦ ✦ ✦

各自結束攝影與素描後，我們從後車廂拿出折疊式的桌椅，在看得見大海的草地公園一隅組裝起來。

以單口爐燒水，小柿為我手沖咖啡。

「我喜歡店裡喝的咖啡，但這樣享用的咖啡也很棒。」

品嚐著帶有豐富果香的咖啡，我這麼說。小柿聽了開心地瞇起眼睛。

「對啊。這一望無際的風景，簡直就像被我們包下來了。」

原來如此——像被我們包下來了啊。這麼一想，我再次眺望廣闊的大海，清爽的藍美不勝收，我不由得深吸一口氣。

「所謂的奢侈享受，就是指這樣的事吧？」

「嗯。啊、真的好舒服喔。水平線真美。」

我一手端著咖啡，瞇起眼睛遠望相映成輝的兩種藍。

五月海風與咖啡果香似乎也很相配。

「我之前就想說了。」

「嗯？」

「離這裡很近的一處小海角有間咖啡店，那裡的老闆娘教過我沖煮咖啡。」

「喔，我記得妳提過這件事。」

「下次我們也去那間店嘛。小洋，你一定會喜歡那裡。」

「這樣的話，要不要今天回程順道去？」

「咦、可以嗎？」

「當然。」

「哇，太棒了。」

我們盡情閒聊，拿出彼此創作的畫和照片給對方看。

「小柿，妳的攝影功力又提高了。」

這不是場面話，最近她攝影的功力真的一口氣進階許多，拍下的靜態照片不只具有「動感」，有時甚至訴說著「故事」。

「真的嗎？」

「嗯，真的呀。」

「其實我上網學習了很多攝影的方法，研究了不少攝影師的作品呢。」

「難怪。」

「呵呵。我只是抄襲攝影高手的拍法，再用自己的方式拍出來而已啦。」
「告訴妳，抄襲也不是一件那麼容易的事。」
「是嗎？」
「當然啊。要是輕易就能抄襲的話，大家都當得成職業攝影師了。」
「啊、也對。那這可以說是我的才能嗎？」
我笑著說：「我這人心胸寬大，就當作是這麼一回事吧。」
小柿發出銀鈴般的笑聲，拿起我放在桌上的素描簿。眼角還帶著笑意，聲音卻有點感慨。
「小洋的畫……是讓人想抄襲的那一方呢。」
「沒有這麼好啦。」
「我說有就有。」
我難為情地沉默下來。
「今天只畫了一張嗎？」
「嗯。」
只畫了一張，不知為何就心滿意足，覺得「夠了」。再次深刻體認到自己真的很喜歡畫畫——今天的我有這種感覺。
「只要小洋有那個意思，現在馬上就能成為專業畫家吧。」
「咦……」
正端起咖啡想喝的手停下來，我望向小柿。
「我覺得，你的畫厲害得能當插畫家或繪本作家了。」
「……」
「小洋的畫，筆觸很溫柔呢。要是再用水彩為這張畫上色做成繪本，讀起來一定很療癒人心。」
小柿用比我的筆觸更溫柔的表情，凝視描繪著燈塔的這幅畫。
成為專業畫家啊——
那麼，我真的可以當畫家嗎？
如果用開玩笑的語氣這麼問，未婚妻會怎麼回答？
海風吹過，飄來小柿的髮香。
「小洋，要不要再來一杯咖啡？」
從素描簿上抬起頭，小柿微笑著問。

「啊、要。這次……想喝喝看別種豆子。」

「OK。那這次用深焙豆來沖喔。」

襯著背後朝四面八方反射粼粼波光的大海，未婚妻開始準備沖咖啡。

我輕輕把素描簿拉回自己這邊。

闔上翻開的那頁。

首先最重要的，是跟這個溫柔的人結婚──一同邁向人生。夢想什麼時候去追都可以。總之，眼前這個瞬間，我該放在第一順位的，無疑是「穩定的生活」。

我在心裡這麼告訴自己。

然後，趁小柿不注意，若無其事地深呼吸。海風清爽地彷彿洗滌了肺，我像是獲得了拯救。

小柿聞著新咖啡豆的香氣，嘴角上揚著說「嗯，這個也很香」。接著，把黑色發亮的咖啡豆放入磨豆機。看著她俐落的動作，我心想。

她也是專業的手沖咖啡師啊。站在她的專業領域上一決勝負。這麼說起來，我也是每天站在名為「公司」的專業領域上，和同事們一決勝負。

這樣不就好了嗎。

現在——

「怎麼了？表情這麼凝重？」

喀啦喀啦喀啦……轉動磨豆機手把，小柿歪著頭問。

「欸？啊、我在想點事情。」

「工作上的事嗎？」

「嗯，是啊。」

於是，小柿從我身上轉移視線，一邊低頭看著不斷轉動的磨豆機手把，一邊說：

「前不久啊，我們老闆霧子小姐跟我說……」

「啊、嗯……」

「她說啊，人類這種生物，就是有點太聰明了，行動之前，腦袋才會不由自主盤算起得失損益。結果多半是後悔。」

「……」

「重要的不是腦袋，是跟隨自己的心行動。這麼一來，就算事情進展不順利或失敗，也不會後悔。」

喀啦喀啦喀啦……

小柿盯著磨豆機。

「跟隨心嗎……」

「嗯。傾聽自己心裡的聲音，坦然跟隨心中產生的情感，只要這樣活著，死的時候一定也能感到痛快淋漓。老闆是這麼告訴我的。」

剛磨好的咖啡香氣，伴隨海風飄散。

為了不讓未婚妻擔心，我微笑著說：「這樣啊，她說得真好呢。」

小柿微微瞇起眼睛，抬起頭說「磨好了」。沒想到，接著卻說出不像專業手沖咖啡師會說的話：「啊、忘了燒水！」

◆◆◆

從轉運站走五分鐘左右，抵達辦公街區的一角。這棟大樓就是我的目的地。

一樓是有時髦落地玻璃窗的畫廊。

往內一看，大約有二十個人正一邊欣賞掛在牆上的作品，一邊談笑風生。

我推開玻璃門，走進畫廊。

「喔喔、今井，謝謝你來。」

小沼馬上發現我，開心地笑著走過來。

「嗨，辛苦了。高朋滿座嘛。」

「還好啦。是說，我沒想到今井你會平日來。」

「客戶公司正好在附近，我聯絡公司說今天談完業務直接下班，就順路過來了。」

「這樣啊。」

小沼今天戴著格子圖案的軟呢帽，臉上還有鬍碴，散發一股一看就是「年輕藝術家」的氣質。

「這次是六人聯展，大家都帶來很出色的作品，你慢慢欣賞。」

「OK。」

我從掛在靠近入口處牆上的作品開始，慢慢欣賞起這次參展的插畫。

即使主題同樣是「海」，每位作家的特色都很鮮明，欣賞起來非常有意思。對著某幅特別喜歡的作品看得入迷時，畫家本人也會過來致意，聽他們分享各種關於創作的大小事更是愉快的經驗。

小沼的作品展示在最後的第六位作家區，小至明信片尺寸，大到報紙全版尺寸，總共展出了十幾幅。現場還販售印上作品圖樣的明信片及T恤等商品。

我買了一張五百圓的明信片和一件三千五百圓，印有椰子樹圖案的T恤，就當祝賀他開展。

話說回來——小沼這傢伙，實力竟然進步了這麼多。

我毫不掩飾內心的感動，默默欣賞著作品。小沼過來站在我旁邊說：

「啊、你幫我買了T恤啊？」

「明信片也買了喔。」

「喔喔，真是我的知心好友！」

小沼笑著模仿《哆啦A夢》裡胖虎的台詞。

總覺得，會場裡的小沼比平時更落落大方，意氣風發。

「覺得如何？我的作品。」

「哎呀，畫得真好。比起和我一起工作那時，水準高太多了。」

「啊哈哈，要是畫得比那時差豈不是太糟糕了嗎。」

小沼用開玩笑的語氣這麼說。但是，這傢伙描繪的「海」，每一幅都有著淡淡的美麗色彩，呈現絲滑的質感，彷彿充滿微小光點的世界——就是這樣的作品。凝視這些作品，感覺就像看見了「幸福的回憶」，心情很是不可思議。

「小沼的畫風，和以前也不一樣了呢。」

我這麼一說，小沼就歪著頭沉吟了一會兒。然後，他說：「應該只是我當時沒有用這種畫風創作而已。」

「咦？」

「還在當上班族的時候，設計什麼文具不都是公司決定好的嗎？所以，我只是配合商品畫畫。」

「這樣啊……」

原來，那時的他就已經畫得出畫風如此細緻的作品。

我恍然大悟。原來，小沼原本就是暗藏著雄厚潛力的人。這麼一想，也難怪他敢不顧一切辭去工作。

「有沒有哪些畫已經賣掉了？」

「還只賣掉一幅而已。就是這幅，已經有人預訂了。」

小沼指給我看的，是一張A4大小的畫。標題叫《朝陽下的燈塔》。由下往上仰望的白色燈塔，被晨光染成淡淡的粉紅色。是一張對視覺與心靈都很溫柔的畫。標價十二萬圓。

「我能理解為何這張畫會賣掉。」

說著，我想起前幾天自己畫的燈塔素描。

若是能像小柿說的那樣，為那張畫添上水彩的顏色，拿到這個會場展出的話——

「啊、對了，今井啊——」

聽見小沼叫我的名字，這才回過神來。

「嗯？」

「今天，等一下啊，這次聯展的夥伴們要一起去喝兩杯，你去不去？我想好好把你介紹給大家。」

「咦？啊、嗯唔……」

一邊考慮，我一邊環顧畫廊內的其他創作者們。有人染金髮，有人留長髮，有人穿著像用三種顏色的油漆潑灑過的襯衫……不只如此，每個人都散發一股自信，舉止自然大方，愉快地微笑著和前來畫廊的客人們聊天。

「抱歉──」

「咦……」

「我今天還是不去了。」

身穿西裝打領帶，看起來一點也不起眼的我，盡可能用輕快的語氣這麼回答。

「真的假的？大家都是很有魅力的人耶。」

這我很清楚。剛才我也幾乎和每一位畫家都交談過，大家的確都有強烈的個人風格，充滿吸引人的魅力。可是，正因如此，對現在的我而言──

「抱歉，我今天帶了工作，要回家加班。」

倉促之間說的謊，大概騙不了曾在同公司共事過的小沼。即使如此，小沼仍一如往常，笑得爽朗。

「這樣啊，那……雖然很可惜，只好等下次了。」

心知不會有下次，我還是點點頭說：

「嗯，就這麼辦。」

拉鬆和平常一樣束縛著我的領帶，擠出跑業務鍛鍊出來的制式笑容。

◆◆◆

從展覽會場回到家，我立刻沖了澡。

內心深處有股說不出的鬱悶，至少得把身體洗得清爽一點。

從浴室出來，頭髮也不吹乾就坐在單身生活的小桌子邊，吃超商便當配罐裝啤酒。

吃飽之後，毛躁的心情總算冷靜了些。

「呼……」

發出分不清是滿足還是嘆氣的聲音，我拿起豎放在書架上的素描簿，放在桌子上。打開畫有燈塔的那一頁。

還是覺得──畫得不錯。

想像上色後的樣子，感覺更好了。

「嗯……」

情不自禁發出嘟噥聲，是因為拿了這幅畫跟小沼畫的燈塔比較。

我的畫，畫得不錯。

但是，小沼的畫，畫得很好。

不、是非常出色。

為什麼會有這種差異，我也很清楚。同樣畫在四方形的畫紙上，小沼的畫裡飄散出一股靜謐的氛圍，屬於這幅畫的世界觀清清楚楚地在呼吸，有著生命力。和它相比，我的畫太單薄了。只不過是一張「素描比例正確的寫生」罷了。

「嗯唔……」

我再次嘟噥。

我知道兩幅畫的差別在哪裡。

可是，該如何改善呢？

一旦開始思考這點，心情就像伸手捕捉天上摸不到的雲朵。

「啊、真是的。」

輕聲這麼低喊，我站起來走向廚房。

拿出餐具櫃裡的矮腳玻璃杯，丟五顆冰塊進去，再注入滿滿的便宜波本威士忌。

食指伸進去攪動冰塊和酒，再放回桌上。

今晚乾脆把自己灌醉吧──

自暴自棄這麼想的瞬間，忽然想起明天的工作預定計畫。

我拿起放在桌角，正在充電的手機，打開應用程式想確認行事曆。

「今天是星期三……所以……」

自言自語的同時，腦中浮現小柿溫柔的聲音。

「小洋，你聽說過『星期三郵局』嗎？」

那天，回程車上，小柿這麼問。

坐在駕駛座上的我回答：「不、沒聽過。」

於是，小柿先解釋「那是個帶點夢想色彩的服務喔」，接著才開始說明。

根據小柿的說明，只要把星期三發生的事寫成一封信，寄到「星期三郵局」，過陣子自己就會收到一封其他人關於「星期三的事」的信。

這個企劃剛開始時，「星期三郵局」設置在熊本縣一個叫赤崎的地方。現在已經是第二次企劃這個活動，郵局所在地也轉移到東北的某處了。

「星期三郵局喔——」

回想和小柿之間的對話，我忽然有點好奇，於是打開放在桌上的筆記型電腦，試著搜尋「星期三郵局」。

原來，現在它設置在宮城縣東松島市的「鮫浦」海邊。

光看照片，那裡像是得先穿過一條昏暗隧道才能抵達的偏僻小漁港。

這麼說起來，小沼畫的燈塔好像也在這樣偏僻的小漁港——

看著星期三郵局的網頁，想著小沼的畫，我情不自禁發出「啊……」的聲音。這是因為，「局長的話」這一頁上，畫的正是一幅海邊燈塔的風景。

又是燈塔——

我想起展覽會上滿臉自信笑容的小沼，以及和他一起舉辦展覽的創作人夥伴們自由自在的氣質……

我拿起加冰塊的波本威士忌喝，冰塊碰撞發出喀啦喀啦的聲音。

將近攝氏零度的液體瞬間冰鎮了喉嚨，又很快轉為燒灼般的酒精熱度。

「呼……」

擠出聲音時，不知為何——我忽然覺得逃避和他們聚會的自己好沒用。

說什麼帶工作回家加班……

內心對自己嘀咕，再度灌下威士忌。

接著，下一瞬間——

刷、刷、刷……聽見奇怪的聲音。

我豎耳傾聽。

聲音好像是從陽台那側的窗外傳進來的。

我靜靜走向窗邊，不發出聲音地輕輕打開落地窗。

刷、刷、刷……

窗戶打開後，聲音變大也更清楚了。

踩著赤腳，我走上陽台。

我家在二樓，那奇怪的聲音似乎來自陽台下方。

抓著扶手往樓下看。

映入眼簾的，是個低頭看地上，身高頗高的男子背影。他應該是住在我樓下的年輕男人。雖然還沒跟他說過話，但遇見時彼此也會點頭寒暄。

這樣的夜晚，他在做什麼呢……

仔細一看，男人手上握著鏟子，正一心一意地在庭院裡挖洞。剛才聽到的刷刷聲就是鏟土的聲音。

可是，為什麼要在公寓一樓庭院裡挖洞？

我被勾起了好奇心，一邊注意不讓男人發現，一邊注視他的行動。

挖好一個洞後，男人消失在室內，隨後又小心翼翼地抱著一個東西出來。他抱在懷裡的，是用浴巾包起來的一隻死掉的貓。

男人把貓連著浴巾一起放進洞裡。

換句話說，男人是為他養的貓挖了一個「墳墓」。

埋下貓時，男人沒有用鏟子。只見他跪在地上，以四肢著地的姿勢親手溫柔地捧起泥土蓋上去。

男人蜷曲的背影，看起來莫名變得好小。

這裡也有個寂寞的夜晚——

我忽然覺得很難受，回到自己家中，輕輕關上窗戶。接著，再次喝下一口冰塊已經開始融化的波本威士忌。

看見推到桌子那頭的素描簿。在日光燈冷冷的光線下，我那幅「還不錯」的燈塔畫帶著一種難以言喻的空洞。

以專業插畫家身分走上自己人生道路的小沼笑容，和晨光下染成粉紅色的燈塔一起閃過腦海。

眼前的筆記型電腦螢幕上，有著不知道誰畫的海港與燈塔。

現在，窗外的男人蜷縮著身體哭泣，弔唁自己死去的貓。

——傾聽自己心裡的聲音，坦然跟隨心中產生的情感，只要這樣活著，死的時候一定也能感到痛快淋漓。老闆是這麼告訴我的

想起小柿說的話。

——難得誕生在這世界上，不好好玩一玩就虧大了嘛。一味做著不喜歡的事，人生就這樣結束，我絕對不願意那樣。

也想起小沼說的話。

各自的心情，各自的人生。

「星期三啊……」

我發出嘶啞的聲音低喃，不知為何，忽然很想寫看看。

在我的人生中僅能度過一次，名為「今天」的星期三。寫下這封星期三的信。

誠實面對自己的內心，只把真正的心情化為語言文字寫下。這麼一來，浮躁的內心似乎也能稍微撫平。我有這種感覺。

仔細閱讀網頁上的說明，用印表機印出專用信箋。拿起用慣的原子筆，試著寫下「初次見面，您好」。不可思議的是，小時候明明最討厭寫作文的我，這時竟然順暢地動起筆來。

「我是個懷著成為繪本作家夢想，但仍一直在公司工作的上班族。現在是星期三晚上，我正在小酌。窗外，住同一棟公寓的住戶在庭院裡挖了一個小洞，安葬他養的貓。看著他的身影，我思考了關於『死亡』的事。同時也思考關於『活著』的事。人生只有一次，該怎麼活過這一生，死的時候才不會後悔——」

悲傷的事、後悔的念頭、無法接受的現實……我一邊誠實地剖析心裡想的一切，一邊寫成了文筆拙劣的文章。與其說是向誰傳達這份心情，我所做的或許更像是把深藏內心的想法宣洩在紙上。也許我追求的是淨化作用，只是獨自陶醉在這個過程中而已。

即使如此，總之我還是寫了。

把散落內心的無數「剪不斷理還亂」一一拾起，轉換成肉眼可見的文字。寫得愈多愈了解自己這個人真正的想法，感覺很奇妙。

寫文章，喝威士忌，繼續振筆疾書，然後再喝口酒，讓酒精灼燒喉嚨。因為用的是原子筆，寫錯就直接劃掉。雖然也覺得好像有點失禮，又轉念一想，這種潦草寫下的感覺更能反映出當下自己的狀況，於是就這樣繼續往下寫了。

我寫下其實想當繪本作家的事。對已經成為插畫家的朋友感到嫉妒的事。然而自己卻沒有勇氣辭去工作的事。不只如此，還把理由推給「已有婚約」，試圖合理化自己的膽小怯懦。

我討厭這樣的自己——

寫著寫著，內心深處湧現激烈的後悔情緒。為了冷卻那激烈的熱度，我大口大口喝下加冰威士忌。再以酒精的熱度為燃料，把不拐彎抹角的真心話寫在信箋上。

唯獨在這張信箋上，不對自己說謊。

絕對。

我也寫下小柿告訴我的話，以及小沼對我說的話。

最後我這麼寫：

「我不再逃避了。不想再對自己和自己的心說謊。為了成為繪本作家，從星期三的這天起，我要鼓起勇氣（發揮玩心）往前邁出一步。人生只有一次，不想死的時候才後悔。」

全部寫完，我在文章最後快速畫上五公分見方的線條畫。雖然筆觸潦草，但自己覺得畫得不錯。

信箋對折，放入信封。

刻意不回頭重讀一次內容，是因為一旦重讀就會用「腦袋」思考，一定又忍不住推敲起遣詞用字。

封起信封，寫上星期三郵局的地址。

闔上筆記型電腦，下意識「呼……」地吐出一口氣。

心情不差。

就像我畫的燈塔，還可以。

雖然不到真正的淨化，把內心的「想法」全都寫出來後，產生一股舒服的倦怠感。

我站起來，走向窗邊。

打開窗戶，出去陽台看看。

朝扶手外探頭，俯瞰小小的庭院，掩埋貓的屍體那塊地面上，隆起一個小土丘。這就是所謂的土饅頭吧。小土丘的最高處，放上一塊狀似熱狗麵包的白色石頭。

有像墳墓的樣子了——

對著那無人的小小墳墓，我快速合掌。

◆◆◆

俗語說，前一晚寫的情書，早上最好重讀一次。同樣的道理，我昨晚寫的那封星期三的信，內容充滿自戀情結，重讀一次一定會覺得很羞恥。

即使如此，我還是把封好的信裝進公事包，和平常一樣時間出門。

仰望早晨的天空，晴朗無雲。

對宿醉的眼睛而言，檸檬色的新鮮陽光太過刺眼。

儘管輕微頭痛，但也告訴自己這是自作自受。為了趕上平日搭的那班電車，邁開大步走在人行道上。

昨晚——用自己的方式左思右想，寫了一封信給陌生人。這麼做了之後，不知怎地，預感自己好像能有所改變，情緒高昂得不可思議。然而，睡了一覺醒來，什麼事都沒有發生，眼前仍是一成不變的「現實」。說來理所當然，我還是活在跟過去一模一樣的早晨。

走著走著覺得很熱，就把領帶拉鬆。

不遠的前方，行人專用紅綠燈正好轉綠，我趕緊用跑的過馬路。

「呼……」

鬆了一口氣，繼續往前走。

不經意地，想起黑暗中為貓挖掘墳墓的男人蜷縮的悲傷背影。

那難道是夢嗎？

沐浴在清爽日光下的此時此刻，我忽然有這種感覺。

眼前展開的是一如往常的現實生活。

塞滿通勤車輛的十字路口。愈靠近車站相同穿著打扮的人就愈多。裝了平板電腦和資料的沉重公事包。腳趾頂著鞋尖已磨損的皮鞋……一切的一切都和平常一樣。

這就是所謂現實吧——

內心喃喃嘀咕，卻不知為何，有另一個自己感覺眼前的現實好像已經沒有昨天那麼差？

這就是寫那封信的效果嗎？

想了一下，沒有答案。

話說回來，昨天半夜寫信時那種高昂的情緒到底是什麼？寫信時那股能量是從哪裡湧出來的？這麼思考著往前走，離家最近的車站已出現在遠處。

車站前有個郵筒。

該寄出這封信嗎？

還是帶回家銷毀。

遲遲無法決定時，西裝胸前口袋裡的手機振動。

一大早的，誰啊？

拿出手機，一看螢幕，我忍不住微笑。

是小柿傳來的訊息。

「小洋早安。昨天還是花苞的蒲公英，今天早上微笑綻放了。扎根在店門前柏油路面的縫隙，是朵努力盛開的小花。今天我們也彼此笑著度過吧，工作加油喔。」

訊息最後附上蒲公英的照片。

沐浴在早晨斜照下來的陽光下，蒲公英看起來真的就像微笑著綻放。

最近小柿的攝影功力提高，原因不只是攝影技巧變好，反而是因為能把這些美好的感受力透過照片呈現出來的緣故——

我如此確信，寫了訊息回覆。

「早安，我被可愛的蒲公英激勵了喔。謝謝妳與我分享幸福。今天有力氣好好努力啦！」

小柿具備我沒有的能力。那就是，她能從乍看之下無聊又平凡的日常生活中發現並細細品味「微小的幸福」。不只如此，她還兼具與別人分享這些微小幸福的溫柔天賦。

「跟別人分享眼睛看得見的東西時，分到自己手中的東西會減少。可是，分享眼睛看不見的東西——比方說溫柔與幸福，這些東西會愈分享愈增加，分到自己手中的那一份也不會減少。不、反而增加了。」

我想起從前讀過的書中有這麼一段話。

因為小柿與我分享她的溫柔——藉著這短短的一條訊息，我的心一大早就暖烘烘的。

不知不覺已經走到車站前。

即將一如往常地被身穿西裝的人群吞沒。

可是，這天早上的我脫離人群，駐足於路旁的郵筒前。

再次問自己。

現在對我而言，最重要的事是什麼？

不是腦袋，內心已經有了肯定的答案。

帶給我幸福，我也希望她幸福的那個女孩。以及，和她共同邁向的未來。

從公事包裡拿出那封教人難為情的信。信封雖然薄，我卻覺得裡面裝了自己的未來。

不是用腦袋，而是用心描繪的未來。

雖說那樣的未來也不壞，但我仍選擇了眼前現實生活的未來——再見了。

心裡這麼喃喃道別，把手中的信封投入郵筒。

接著，我再次走入人群。

今天這一天，也要在自己的領域裡奮鬥。

3章　光井健二郎的畫蛇添足

初夏的雨，還沒天亮就停了。

今天早上，通透明亮的檸檬色朝陽，照得濕漉漉的柏油路面閃閃發光。

我一邊感受陽光灑在背上的暖意，一邊奮力踩著那輛生鏽的腳踏車。

穿過只有幾戶人家的住宅區，騎到沿海道路上，視野瞬間變得開闊。

表面平靜得像是一面鏡子的海灣，水藍色的天空。

明亮的綠意覆蓋對岸低矮的群山。

一陣微風吹拂，水面微波蕩漾。波光耀眼，我稍稍瞇起眼睛。

很快地，騎上緩緩向上的坡道。

我沒有站起來踩踏板。

與還在出海的漁夫時代相比，總覺得踩踏板的腿力衰退許多。即使如此，只要初夏南風吹過領口，聽見小鳥們的啁啾，仍情不自禁微笑。

沿著海邊騎一陣子之後向右轉，騎上通往杉林的小徑。

視野變窄，抬頭看見的天空呈細長形狀。腳踏車發出喀答咖答的聲音。柏油路面中斷，變成了砂石子路。

繼續踩著踏板往前騎，小徑正面出現一個小小的隧道入口。

說是隧道——其實只是土石岩塊外露，徒手挖掘的「洞窟」。裡面當然沒有照明設備，一進去就黑得伸手不見五指。加上整體是一條微微的彎道，從入口這頭看不到出口那頭的光線。隧道內寬度很窄，頂多只能供一輛輕型汽車通過。地面處處凹凸不平，走起來一不小心還可能會絆到腳。

我在隧道入口前煞車，一如往常從腳踏車上下來。點亮乾電池燈，一邊留意地上的凹凸窪洞，一邊推著腳踏車踏入黑暗中。

冰涼潮濕的空氣。

沙沙、沙沙、沙沙……

靜謐黑暗中，唯有自己的腳步聲聽起來特別響亮。

這條隧道有點不可思議。它像是一個漆黑的傳送門，將我們送往一個與「日常」不同的「記憶中懷念的往日」——這個空間散發著一股這樣的氛圍。

今年即將迎來五十三歲的我這種大叔，說這種話其實有點難為情。但是，這條彷彿被時間遺忘的簡易隧道，對我來說是一個「浪漫」的地方。

走過半條隧道時，已可看見小小出口處的亮光。宛如受到那團白色亮光吸引，我踩著一定速度，於黑暗中前進。

明亮出口的另一端傳來微弱的海潮聲，聲音聽在耳裡很是舒服，距離有點遠，像是在聽昔日的夢想。

很快地，我穿出隧道。

霎時之間，檸檬色的透明朝陽下，微弱海潮聲轉變為更確實的聲音。映入眼簾的景色，是一個小小的偏僻港口。說是港口，水泥岸壁已經多處崩坍缺角，繫繩柱嚴重鏽蝕。這個港口早已無人使用，海灣裡連一艘小船都沒有。只有風靜靜吹過水面。

淡淡的波浪聲從港邊小如貓額的沙灘傳來。沙灘上堆滿了褪色的貝殼，淺浪拍上來洗刷，奏出輕柔優美的樂音。

我對穿過隧道後看見的「這邊的」景色總是感到「懷念」。這是一種類似「寂寞」的「懷念」，伴隨著內心深處的輕微刺痛。可是，我一點也不討厭這樣的感覺。

一出隧道，左手邊就是港口唯一一棟的建築物。

這棟建築，是拿漁夫休憩用的小木屋整修改建而成的白色平房。然而，畢竟原本只是「小木屋」，整體而言還是小小一間，座落在偏僻海港的角落，與周遭景物融為一體。

建築入口掛著木頭招牌，上面以毛筆字寫著：

鮫浦星期三郵局——

這裡就是我現在工作的地方。

把腳踏車停在建築旁邊，環顧整座小漁港。

港口另一頭的岸上，長滿綠色植物的海角朝近海突出，最前端立著一座小小的白色燈塔。不過，這座燈塔已經卸任，現在就算入夜也不會點亮了。

燈塔每天到底懷著什麼樣的心情遠望這片大海呢——

不經意想著這無意義的事，我輕輕嘆氣，從口袋裡拿出職場的鑰匙。

◆ ◆ ◆

總是第一個到職場的我，把一大疊從全國各地寄來「星期三郵局」的信放上工作桌。每天，「真正的郵差」騎著紅色摩托車，穿過那條徒手挖掘的隧道，把這些信送到這寂寥的港口。

我們「郵局員工」的工作，就是把每一封寄來的信都讀過一遍，確認內容沒有違反善良風俗，即使寄給小朋友也沒問題，或是檢查有沒有透露個人資訊等。確認過後，才隨機把這些信再寄出去。

說得更詳細一點，我們必須把每一封信編上號碼，按都道府縣分類，掃描信件內容存檔，地址輸入電腦再印出，貼在信封上……非常瑣碎。這些工作都由這裡的「郵局員工」分工合作完成。

包括我在內，常駐這間郵局的「專職」員工有三人，都是當地居民。剩下的幾位則是「星期三郵局」企劃單位的人或他們認識的朋友。這些人多半是二十幾或三十幾歲的年輕人，換句話說，就是所謂的志工。志工之中有人一星期來三次，也有十天才來一次的人。

順帶一提，正式受聘的我們「常駐三人組」都是五十幾歲的高齡員工。星期三郵局的營運費用和員工薪水靠地方企業贊助、群眾募資、捐贈和銷售官方商品的所得來支付。當然，考慮到我們的年資，這實在稱不上是符合一般期待的薪水。即使如此，對於震災時被海嘯捲走「日常」，輾轉換過好幾份不熟悉工作的我們而言，光是有工作可做就值得感恩了。再說，其實我很喜歡這份工作。

喜歡的理由，說來也很單純。

每天像這樣與來自某個人平凡無奇的「星期三」相遇，會讓我對「普通地活著」這件事油然產生一股愛憐。

「那麼……」

我在自己靠窗的位子坐下，打開電腦。

檢查郵件，喝自己從家裡帶來的罐裝咖啡，慢慢將心情調整為工作模式。

不經意抬起頭，總看得見窗外沒落的漁港與不再點亮的燈塔。這個隨時都能眺望大海的環境，也是我選擇這份工作最大的原因之一。

這個小小的海港正式名稱叫「舊鮫浦漁港」。位置落在日本三景之一的松島灣外海，戰時曾被用來當作軍事基地。

我凝視著風平浪靜的海面好一會兒。

朝陽下，大海發出耀眼的光芒。

那澄澈冰冷的海水中，現在也還——

心快要飛向遠處時，玄關門發出「喀嚓」聲，被人打了開。

「喔，健兄，今天一樣這麼早啊。」

精神抖擻走進辦公室的是谷中邦夫。

「早安。」

接著進來的是他的太太瞳。

谷中夫妻是我的鄰居，我們從以前感情就很融洽。不只如此，谷中家的獨生女千晶和我家的獨生女里穗更是從小一起長大，現在還是同一所高中的同班同學。我們兩家彼此都很熟稔。對找不到工作的我說「我們那邊正在招募工作人員，不嫌棄的話要不要一起工作？」介紹我來星期三郵局的人，正是谷中夫妻。

換句話說，當地錄用的「常駐三人組」，就是我和谷中夫妻。

「早啊。」

我也用笑容回報笑咪咪的兩人。

「今天送來很多呢。」

邦夫看著來自全國各地的一大疊信件，盤起雙手這麼說。

「最近數量愈來愈多了。」

瞳太太露出看似開心但又有點困擾的表情。星期三郵局受到愈來愈多人喜歡是好事，但工作量增大，我們員工也得更辛苦了。

「現代人果然內心都很寂寞嗎？」

邦夫說著，拆下捆住整疊信的橡皮圈。

「是啊，說不定喔。」

瞳太太也開始幫忙。

大家都很寂寞嗎——

我朝窗外的大海投以一瞥，站起身來。嘴角浮現一抹笑容，走向谷中夫妻正在工作的桌邊。

「那麼，今天也加油吧！」

我這麼一說，爽朗的谷中夫妻也揚起嘴角。

進入拆封階段後，瞳太太立刻閒聊起來。「聽說里穗高中畢業後想去東京？」

「咦……」

我們家里穗嗎？

這件事我第一次聽說，簡直就像晴天霹靂。正當我不知如何回答時，邦夫皺著眉說：

「再怎麼說，一個人未免太寂寞了吧。」

「寂寞……你是說里穗嗎？」

我問。

「啥啊？不是啦，我是說健兄你呀。寂寞的往往不是離開的人，是被留下的一方吧。」

的確……被他這麼一說，我也覺得很有道理。可是，里穗為什麼——

為了不被兩人發現內心的驚慌，我悄悄深呼吸。

「啊……」

這時，我低喊了一聲。

「怎麼了？」

邦夫抬頭望向我。

「沒有啦，被紙——」

我豎起食指給邦夫看。

「割到了嗎？」

默默點頭。

不小心被信箋割到指甲根部邊緣的皮膚。薄薄的皮膚上割開一道小口，浮出一顆鼓鼓的小血珠。

隆起的半圓形血珠令我聯想到瓢蟲。

「哎呀，OK 繃放到哪裡去了。」

瞳太太在辦公室內東翻西找起來。

「沒關係啦，血一會兒就止住了吧。」

我一邊苦笑，一邊抽起旁邊的面紙壓住傷口。白色的面紙染出一個小紅點。鬆開面紙，傷口馬上又浮出一顆瓢蟲般的小血珠。

Ladybug。

召喚幸福的昆蟲——

恍惚這麼想時，胸口深處一陣痛楚，我朝窗外的大海望去。

✦✦✦

結束一天工作回家，一進玄關，撲面而來的是醬油的甜鹹香氣。

「我回來了。」

一邊大聲招呼，一邊朝廚房走去。

「啊、你回來啦。」

把橘色圍裙套在高中制服上的里穗朝這邊轉頭。黑髮紮成的馬尾活潑晃動。

「好香喔。」

「是不是？」

里穗微微一笑，瞇起眼尾細長的眼睛。

「妳在煮什麼？」

「燉豬肉。既然家裡有壓力鍋，就想說拿來用用看。」

「燉豬肉啊，不錯耶。」

「也可以當下酒菜吧？」

「嗯，可以喔。」

我和里穗，我們父女倆一起生活，每天輪流煮晚飯。輪到里穗煮飯的日子，她常做我喜歡的滷鰈魚。和亡妻早織很像的里穗，是個貼心的好孩子。

「爸，可以麻煩你打掃浴室嗎？」

「OK！」

回答之後，我在打掃浴室之前先走進廚房旁邊的起居室，為放在茶櫃上的小佛壇上香。

早織的遺照一如往常燦爛地笑著看我。

雙手輕輕合掌，在心裡對她說「我回來了」。

震災時，早織死於海嘯。

沒有找到遺體。

老實說，我已經不認為找得到，也不像以前那樣希望繼續搜索下去了。

大海就是早織的墳墓。

那片遼闊的大海裡，到處都有早織——

一次又一次這麼告訴自己，漸漸地，好像成功騙過自己了。

那天，被黑色的海嘯帶走的不只早織。曾是漁夫的我的漁船和海鞘養殖架都被連根捲走。剩下的只有泡過水、滿是爛泥的家，和當年還在讀小學五年級，因寒冷與恐懼而不斷發抖的里穗。

同為漁協會員的谷中家也和我家一樣失去漁船與養殖架，房屋浸水，走投無路。

災後，沒有足夠財力買新漁船與養殖架的我們兩家一起放棄了漁業，在彼此幫助下輾轉換了幾個工作。最後，在那不可思議隧道另一端的「星期三郵局」共事，偶爾一起眺望大海發呆。

今天的大海風平浪靜，閃閃發光……

想起白天隔著辦公室窗戶看見的海，我輕聲嘆息。

凝視放在佛壇旁的早織遺照。

早織啊，里穗好像想離開家鄉去東京喔。她雖然沒告訴我，但一定也有自己的夢想吧——

內心這麼低語，不知為何我卻微笑起來。或許是被早織那耀眼的笑容傳染了吧。

振作精神，轉身走向浴室。不知怎地，比平常更仔細地刷洗了浴缸。

里穗把豬肉燉得很軟爛，一放上舌頭就化開了，味道也很好。

「這是用可樂煮的喔。」

「可樂？喝的那個可樂？」

「對，碳酸可以軟化肉質，而且我還用了壓力鍋。」

「雙重效果是吧。」

「啊哈哈。聽起來好像洗碗精或洗衣乳的廣告台詞喔。」

「確實，這麼一想，飯都變難吃了。」

「感覺會吃得滿口泡沫。」

「喂喂喂，飯真的要變難吃了啦。」

「啊哈哈哈。」

父女兩人的餐桌上總是氣氛祥和，跟一般家庭差不多。可是，總會有某個瞬間，彼此都被「只剩我們兩人了」的感覺包圍，忽然覺得天花板變得好高。

話多的里穗愛開玩笑，我也自認都有好好回應她。煮的東西大多好吃，即使偶有不好吃的，我們也會拿來當玩笑話說。餐後總是一起收拾餐具。

即使如此，這張餐桌上還是缺了什麼。

我們都刻意不去提起那缺少的東西，也都知道天花板感覺變得好高的原因就在這裡。

「咦？」

「嗯？」

正伸長筷子要去夾醬燒昆布的里穗忽然歪了歪頭。

「爸爸，你手指怎麼了？」

「喔喔，這個啊，工作時被紙張割到了。」

「被紙割到很痛吧？我也常被課本或筆記本割到。」

我望向自己纏了OK繃的手指。

「會抽痛個一下子呢。」

「鼓起來的血珠怎麼擦都擦不完。」

「嗯，那個鼓起來的半圓形血珠，很像瓢蟲耶。」

我這麼說著，想起今天早上的痛楚。

「瓢蟲？」

「對啊，大小差不多。」
「像瓢蟲的話，那還真是不幸中的大幸。」
說著，里穗露出意有所指的微笑。
我暗自心想「難道——」，默默等待里穗繼續往下說。
「聽說如果瓢蟲停在身上，就會有好事發生。」
「好像是呢。」
「你知道瓢蟲的英語怎麼說嗎？」
「Ladybug。」
「喔、你知道啊？」
「是啊。」
「那你知道Ladybug的Lady是指什麼嗎？」
「Ladybug的意思——?這個嘛……」
是什麼來著?
我用食指戳著太陽穴，歪頭思索。
「想知道正確答案嗎？」

笑嘻嘻的里穗湊上來盯著我的眼睛說。
「嗯，我投降。」
「那我就告訴你正確答案吧。這裡的Lady是指聖母瑪利亞喔。」
「啊、對耶。」
我拍打大腿。
「你想起來了？」
「嗯，想起來了。」
「因為指的是聖母瑪利亞，所以瓢蟲被視為『好兆頭』，又被稱為『帶來幸運的昆蟲』。」
「里穗，妳知道得真詳細。」
看著里穗，感覺像在看某種閃閃發亮的事物，我的聲音有點沙啞了。
「是以前媽媽教我的。」
里穗提起了，我們家餐桌上缺少的東西。
「這樣啊。」
「嗯。」

「是早織啊……」
「嗯……」
「這麼說起來，我也記得她告訴過我這件事。沒記錯的話，應該是在我們結婚前。」
「媽媽懂很多自然科學類的雜學呢。」
「是啊，花草植物啦、生物啦，她常閱讀這類的書。」
我和里穗不約而同望向佛壇旁的遺照。早織瞇著眼睛，笑得一臉幸福。
像是被她的笑容從背後推了一把，我把回家後就一直猶豫是否該說的話說出口。
「對了，里穗。」
「嗯？」
「聽說妳高中畢業後想去東京？」
我自認已經盡可能用自然又平靜的語氣說了。
然而，里穗的表情卻很僵硬。
「咦……」

「嗯？」

「爸爸怎麼會知道這個？」

「因為——」

在我回答前，里穗又搶著說：

「啊、我知道了，是千晶說的吧。」

「……」

「爸爸，你是在工作的地方聽瞳阿姨說的吧？」

「嗯，對啊，是這樣沒錯。」

里穗在學校跟千晶說，她將來的夢想是從事製作動畫的工作。為了實現這個夢想，如果能去東京上動畫專門學校就好了。然後，千晶回家後，把這件事告訴了瞳太太，今天瞳太太又轉述給我聽。就是這麼回事。

「千晶真的從以前就是個大嘴巴。」

「沒關係啦，這也不是什麼需要隱瞞的事。」

「是說，爸爸——」

「嗯？」

「瞳阿姨跟你說了多少？」

「說了多少……？」

我思考著該說到哪個地步。話說回來，隱瞞這個才真的沒必要。於是，我老老實實把從瞳太太那裡聽到的都告訴她。

「簡單來說，就是那個吧？里穗將來想成為製作動畫的人？」

「……」

里穗沒有回答，只是瞅著我看。所以，我反過來問她：

「去上東京的動畫專門學校，夢想就能實現了嗎？」

在回答我的問題前，里穗嘆了一大口氣。接著，她放下手中的筷子，用嚴肅的眼神看著我說：

「爸爸啊，只要上學就能實現夢想，哪有這麼簡單的事？」

「對喔，說的也是──」

夢想不是這麼輕易就能實現的東西。這麼一想，我也窮於應答了。即使如此，我仍覺得應該說點好話，於是繼續說：

「妳不用擔心錢的事。」

話一說完，里穗忽然沉默。

先是不再看我，然後再次拿起筷子吃燉豬肉。咀嚼燉到軟爛的豬肉，吞下之後，這次輪到端起湯碗喝味噌湯，接著又吃了白飯。

沉重的沉默籠罩餐桌。

壁掛時鐘的秒針滴答滴答……在整個空間中迴盪。

哎呀，心情不好就不說話這點，跟早織一模一樣。

我忍住嘆氣，想起瞳太太說的話。

聽說里穗在學校裡是這樣跟千晶說的。「我不想給爸爸添麻煩。更何況，只要跟他說了，爸爸絕對會要我去東京。」

我努力保持平靜的語氣：

「對了，妳手頭有那間學校的簡介手冊嗎？」

「沒有。」

里穗只冷淡丟了兩個字的回應，我忍不住笑出來。接著，自己也動起筷子。

「你笑什麼？」

里穗訝異地看著我。

「沒有啦，只是覺得妳們母女倆真的好像。」

「咦？」

「不高興時的態度，一模一樣。」

「……」

女兒一臉困擾，跟早織更像了。

「我跟妳說，雖然不多，但爸爸當漁夫時也有存一點錢。所以，里穗只要去做妳想做的事就好。爸爸支持妳。」

前半是謊言，後半是我真實的心情。

可惜，里穗都已經上高中了，這種拙劣的謊言似乎騙不了她。

「爸爸，你以為自己這樣說，我就不會擔心錢的事了嗎？」

「……」

「就連千晶都說她家無法供應她上私立大學，所以目標是考上國立大學耶。」

原來如此。谷中家夫妻都在工作，我們家賺錢的只有我一個。換句話說，里穗藉此判斷我們家的收入只有谷中家的一半。窩囊的是，她的推論無誤。

「我真的有存錢，如果不夠的話，也可以多兼幾份工作，或是找別的工作啊。妳真的不用擔心這個。」

里穗再次抿起雙唇。

滴答滴答……壁掛時鐘秒針的聲音不斷堆疊在餐桌上。

「騙人。」

里穗口中輕聲吐出這兩個字。

「欸？」

「你根本就不想換工作。」

「……」

「爸爸說過好多次吧？說你很喜歡現在的職場。」

沒錯，我也記得自己以前說過這種話。

「是這樣沒錯啦。」

但我也不會因為這樣就放棄身為里穗父親的職責。做父親的就是這樣，沒有道理可言。

「我說啊，父親支持女兒的夢想，有哪裡錯了嗎？」

「沒有錯啊。」

「那問題到底是什麼？」

「唉……」里穗故意大聲嘆氣給我看。接著，她低聲嘟噥：

「太沉重了。」

「……」

「要是爸爸為我犧牲自己的人生，反而會讓我感到太沉重。」

喂喂，妳說這句話才沉重吧——

我覺得胃裡像是裝了重物般沉甸甸的，說不出下一句話。

「所以，總之，你先忘了我想去東京的事啦。」

「怎麼叫我忘了……那是里穗的夢想吧？」

「倒也不是。」

說了四個字的謊，里穗又動起筷子。

「不是的話，里穗幹嘛跟千晶說——」

「那只是……」里穗打斷我，難得皺起了眉頭。「那只是隨口說說的，沒有想太多……剛好想到而已？誰都會有這種時候吧？何況——」

「何況什麼？」

連我都無法控制心情，語氣衝了一點。

「我也有各種煩惱啊。」

「各種煩惱是什麼煩惱？」

「各種煩惱就是——」身體激動地往前傾，里穗想說什麼，又把話吞了回去。之後，她調整呼吸，再次說出不滿：

「不只錢的事情，我也有我的心情啊。不想告訴別人的事也有很多。我也是人，人都是這樣的吧？」

除了錢以外，里穗還有什麼煩惱……

不經意地，我想起邦夫那張曬得黝黑的臉。

再怎麼說，一個人未免太寂寞了吧——

邦夫是這麼說的。他還說，寂寞的往往是被留下的那一方。

「里穗。」

「……什麼？」

看著女兒一臉認真的不服氣，我也無法輕易說出「爸爸不會覺得寂寞」這種謊話。所以，只好扯開話題。

「明天去學校不要生千晶的氣喔。」

「欸？什麼意思？」

「……什麼什麼意思，就是這個意思啊。」

「我沒有生氣啊。只是有點傻眼而已。是說，我現在也沒有在生氣。」

根本就在生氣——我沒說出這句話，只說「那就好」，吃一口燉豬肉。為了化解緊繃的氣氛，又說了些「這個真好吃」之類明顯討好的話。

但是里穗沒有回應，板著一張臉說完「我吃飽了」，端著自己的餐具去廚房，然後直接上二樓回自己房間了。

門啪的一聲關上。

聽著那聲音，我大聲嘆出強忍的那口氣。

「唉……」

事情到底怎麼會發展成這樣。

追根究底，我說的話真的錯得那麼離譜嗎——

內心一邊嘀咕，一邊求助地望向早織的遺照。

看著不說話的早織微笑，回想剩下我和里穗兩人後過的這些日子。在悲傷中焦慮，在困惑中奮不顧身，即使走投無路仍與不安搏鬥，那些驚濤駭浪般的灰暗日子。

然而，我同時也從里穗宛如初夏陽光的笑容裡獲得活力，看到她寂寞哭泣的臉龐時要自己鼓起勇氣，也曾對著她安詳的睡臉無聲哭泣。

里穗的存在與成長是我活著的意義。總覺得有她在，我才勉強能站穩腳步撐到今天。

被老爸視為生存的意義，也難怪她會感到沉重——

這麼一想，我又忍不住嘆氣了。

老實說，我也知道里穗在多愁善感的少女時代裡忍耐了很多。不管怎麼說，這孩子都太懂事了。無論是輪流做飯還是分攤其他家事，都是里穗主動提議，幫了我許多。

一旦知道這麼懂事的孩子對將來懷有夢想，有哪個做父親的不會想要支持呢。

唉，可是……

「沉重的父親確實很討人厭……」

我無力地對著早織的遺照喃喃低語。

✦ ✦ ✦

隔天早上，餐桌的氣氛仍然不太自然。

不管我說什麼，里穗都只回非回不可的話。

「妳要氣到什麼時候，有點太固執了喔。」

我這麼勸說。

「什麼？我又沒有生氣。」

她一臉不高興地回應。

即使在這樣的狀況下，我們父女倆依然一如往常，並肩站在廚房裡。我準備兩人份的便當，里穗準備兩人份的早餐。接著，也一如往常在餐桌旁對坐吃早餐。

吃過早餐，里穗換上制服，揹起書包走向玄關。

我也跟在後面。

和平常的早晨一樣，對著彎腰穿鞋的女兒背影說：

「今天也要開心喔。」

早織生前每天早上都會對里穗說「今天也要開心喔」，這個習慣由我繼承了下來。

平常里穗總會回頭笑著說「嗯，我出門了」才離家，今天果然不一樣。

只用蚊子叫似的微弱聲音說「……了」，很快開門走出去。

我差點對著她的背影說「到學校別太生千晶的氣——」，最後硬是把這句話吞回去了。一方面不想再當個「沉重的老爸」，另一方面也是相信里穗，相信她不會執拗地責備沒有惡意的兒時玩伴。

玄關門啪答一聲關上。

門外還聽得見里穗遠去的腳步聲。

一有什麼不開心就會心情不好很久，這點也跟早織一樣。

「呼……」

嘆一口哀傷的氣，我也準備出門上班了。

✦✦✦

雖然和里穗鬧了彆扭，穿過隧道後的世界，一如往常吹著平靜的海風。

不只如此，今天除了谷中夫妻和我，一大早就有學生志工來幫忙。這幾個活潑開朗，看起來頭腦非常聰明的年輕人，聽說都住在石卷。

拜這些年輕幫手所賜，今天工作進行得很順利。

上午剛過十一點，窗外大海開始呈現深藍色時，我埋頭做起自己最喜歡的工作——檢查信件內容。

這時，邦夫過來向我搭話。

「健兄，看你讀得這麼認真，那封信寫得很好嗎？」

「咦？喔、嗯。是一封充滿熱情，積極向上的信喔。」

「是喔？怎樣的內容？」

「大意是說，因為想實現成為繪本作家的夢想，打算鼓起勇氣踏出一步，整封信就像是一份『宣言』。」

說著，我再次低頭望向信箋。

原子筆寫成的這一行一行文字裡，帶有某種一鼓作氣的「氣勢」，字裡行間感受得到寫的人的「熱情」。寫錯的地方沒有擦掉，而是直接塗掉。看來，寫這封信的人是將迸發的情感全都宣洩在這封信上了吧。

信末有一小幅五公分見方的畫，畫的是燈塔。雖說只是簡單的線條畫，不愧是以繪本作家為目標的人，就連我這外行人看了都知道畫得很好。不只如此，畫裡的燈塔「還活著」，發出確實的光芒。

我不經意望向窗外，看著那已許久不曾發光的燈塔。

那座燈塔將被所有人遺忘了嗎——

「不好意思，我也可以讀讀那封信嗎？」

其中一位學生志工問。

我說「當然可以」，把信紙交給他。

他以認真的視線讀起信來。讀完後，歪著頭發出「嗯唔——」的沉吟。

「你覺得怎麼樣？」

我試著問學生感想。

「該怎麼說好呢……內容確實積極向上。可是，都已經三十三歲了，還在那邊嫉妒插畫家朋友，說什麼追求夢想之類不切實際的事，或許表示——」

「表示？」

「老實說，這個人可能滿矯情的吧……我有這種感覺啦。」

矯情……是嗎？

「你挺嚴格的嘛。」

我這麼一說，學生就苦笑回答「沒有啦……」

「啊、不過，這個人的『心意』我還是有接收到的喔。」

「嗯，接收得到呢。」

「因為他都這把年紀了，還能寫得這麼坦率，是吧？」

都這把年紀了。坦率。這樣啊。

或許他說得沒錯。

「抱歉，那個再讓我看一次。」

我拿回信紙，再次確認年齡與名字的欄位。

寫信的人名叫今井洋輝。

年紀確實是三十三歲。

「不是才三十幾歲嗎？現在開始也完全不遲的年紀吧？」

邦夫這麼說，兩道眉毛皺成了八字。

「不、是這樣的嗎？如果想認真追夢，這年紀未免太遲了吧？」

另一個學生志工苦笑著回答邦夫。

看在我們五十幾歲人的眼裡，三十三歲還是完全能夠從頭來過的「年輕人」。可是，對二十幾歲的學生們來說，三十三歲已經是「老大不小的大叔」了。

換句話說，這就是所謂「年齡代溝」。

我姑且插入兩代的代溝之間，發表可有可無的意見。

「哎，三十三歲這年紀還真微妙呢。不過，信裡寫到『不想死的時候才後悔，所以要往前踏出一步』，這個想法不錯啊，很了不起。」

「不想死的時候才後悔啊……」

邦夫感慨萬千地點頭，兩個年輕學生卻像有聽沒有懂。

我忽然想到——

如果讓現在的里穗讀這封信，她會有什麼感想呢？

至少會用和這兩個學生不同的方式解讀吧──
我這麼認為。
因為，里穗才剛懂事不久就面臨了母親的「死」。正因有過這樣的經歷，她一定能夠深入思考「生」的價值與意義。信中那句「不想死的時候才後悔」，她應該也會擁有比別人更真切的感受。
人生只有一次，該怎麼活過這一生──
里穗肯定痛切明白這句話想問的是什麼。或許正因如此，我才這麼想好好地支持里穗的夢想。就算她嫌我這個老爸太沉重。

✦✦✦

午休時間──
我們三個在地正職員工，在整理好的桌上打開便當。學生志工們則說要去餐廳吃受歡迎的午間套餐，開車進城去了。

剩下我們知心三人組後，我才半開玩笑地抱怨了一下昨晚和里穗鬧彆扭的事。瞳太太聽了便笑著回答：「不用這麼在意，沒關係啦。」

「因為里穗最愛健兄了啊。」

「咦？」

「上次里穗來我們家玩，說了這樣的話唷。」瞳太太笑得眼尾都擠出皺紋，突然模仿起里穗的語氣。「輪到爸爸煮晚餐的日子啊，餐桌上老是出現蛋包飯。」

她學得還真像。

「說到蛋包飯，不就是里穗從小到大最愛吃的東西嗎？」

邦夫露出懷念的表情。

「我真的有那麼常做蛋包飯喔……」

有點難為情的我，故意歪著頭裝傻。

「這可是里穗自己說的，準沒錯吧？」

瞳太太笑著調侃我。

這時，我心裡想的是——輪到里穗煮飯時，餐桌上出現我愛吃的菜的機率才高呢——很想這麼反駁，但沒說出口。取而代之的是這麼說：

「哎，我自己也很愛吃蛋包飯嘛。」

邦夫聽了，也不管嘴裡還有飯就直接笑出來。

「啊哈哈，健兄，沒看你這麼害羞過。」

「我哪有害羞……」

「你們家從以前父女感情就真的很好，吵架是感情好的證據啊。」

瞳太太用開玩笑的語氣，輕描淡寫地做了總結。我已經無話可回應，只能輕輕苦笑，望向邦夫背後的窗戶。四方玻璃的另一端，藍得令人感傷的大海微波蕩漾。

◆◆◆

午休結束，下次繼續讀信的工作，又遇到一封打動我心的信。

這次不是追求夢想，充滿「熱情」的信。寫這封信的人已經實現了夢想，整封信讀起來閃閃發光。

寄件人的名字是井村直美。

年齡四十歲。

使用藍色墨水的鋼筆，以很有女人味的龍飛鳳舞字跡填滿整張信箋。

井村直美小姐小時候的夢想是「開麵包店」，長大後的她，成功實現了這個夢想。最早開的店步上正軌後，加入移動餐車販售的方式，瞬間大受歡迎。現在已經又開了好幾間分店，井村小姐本人還經常接受雜誌採訪。每天親切地接待眾多客人，和工作人員感情也很好，還有最愛的溫柔家人在背後大力支持——真可說是人生每個角落都幸福的成功人士。

藍色的文字滿溢感謝之情，連信箋本身也散發一股溫暖。

信的後半段，井村直美小姐以條列方式分享了自己發現的幾個「獲取成功與幸福的法則」。

讀到這個部分時，我不禁喃喃低語「原來如此……」

她在信末如此總結：

「希望你和你身邊的人都能擁有最棒的閃閃發光未來。希望你們臉上永遠帶著笑容。希望你能活得像自己。謝謝你閱讀我的星期三。」

讀完之後，信紙依然拿在手上，我看著窗外好半晌。

藍天下，大海無聲起伏。

獨立於世的燈塔。

白色燈塔前飛過一隻海鷗時，我忽然產生一個念頭。

已經實現夢想的井村直美小姐，和正打算朝夢想踏出一步的今井洋輝先生。如果讓他們交換彼此的信會怎麼樣……對雙方來說應該都很不錯吧。身為成功人士的井村直美小姐看到今井洋輝先生的信，想必會懷念起自己昔日努力追夢的日子。身為挑戰者的今井洋輝先生則或許能從井村小姐的信中獲得邁出一步的勇氣，還能學到成功人士的處世哲學。

我站起來，從上午讀完的整疊信件裡找出今井洋輝先生的信。

「嗯？健兒，你在做什麼？」

邦夫疑惑地看著我。

「有點事……無論如何都有兩封信想讓他們互換一下。」

「是喔。」

這麼說的邦夫和其他工作人員，對我的行動並不以為意。
我們偶爾會這麼做。
當然，基本上所有的信都是隨機寄送。只是，比方說，看到充滿夢想的信，無論如何都想安排給孩子讀到，或是把心理醫生寫的信和生病苦惱的人交換等等。這類基於良心的「體貼」舉動雖然違反規則，我們郵局職員之間向來對此保持睜一隻眼閉一隻眼的默契。
我立刻找到今井洋輝先生寫的信。趁著還沒進入寄送階段，一臉若無其事地影印了這兩封信。
把影印好的兩封信悄悄放入自己包包。
不好意思，暫借一下——
心中如此喃喃低語。
當然，這裡的規則是禁止把信帶出去。可是，唯有這兩封信，我無論如何都……迫切的心情，促使向來被說「老實到不行」的我做出這樣的事。

✦
✦
✦

傍晚，結束工作後，我騎腳踏車繞到比較遠的超市，買了晚餐要用的食材。回到家，立刻踏進廚房。

今晚輪到我煮晚餐。

里穗還沒回到家，是不是放學後和朋友去哪玩了呢？

我從超市購物袋裡拿出剛買的蛋包飯食材。今天買了平常絕對不會買的咖啡蛋殼高級蛋，以及用來炒番茄醬炒飯的洋蔥與培根。

里穗最愛的這道蛋包飯，是早織剛走的時候，完全不會烹飪的我學會的第一道食譜。剛開始，順利做出鬆軟歐姆蛋包的機率大概只有五成。通常第一個蛋包會因為火候太大而失敗，第二個就順利挑戰成功了。當然，給里穗吃的都是鬆軟的第二個。

第一次吃到我煮的蛋包飯時，還在讀小學五年級的里穗睜大眼睛，開心地說：

「哇，蛋好像在嘴裡融化了一樣。好好吃喔！」

當時里穗臉上的笑容，恐怕是失去早織之後，她第一次在我面前展現的「真正的笑容」。

終於、終於……里穗終於笑了！

摸摸一臉幸福吃蛋包飯的里穗的頭。

「好吃嗎？爸爸的這一份也可以給妳吃喔。」

還記得我又哭又笑地這麼說。

從那天起，我像個只會做這件事的笨蛋一樣，整天都在做蛋包飯。失敗也不在意，不屈不撓地持續做了無數次，成功的機率愈來愈高。不知不覺，鬆軟柔嫩的蛋包飯已經是我現在最擅長的料理了。

話說回來——

至今我到底做過多少次蛋包飯啊。手持湯匙笑著說「好好吃！」的里穗，又究竟拯救了我多少次。

腦中閃過幾個曾經的畫面，我的心漸漸得到滋潤。即使一邊嘆氣，右手仍拿著慣用的長筷子快速打蛋。

一邊打蛋，一邊看掛在牆上的時鐘。

里穗今天怎麼這麼慢……

正當這麼想的時候，放在一旁的手機振動起來。

放下長筷，拿起手機查看。
果然不出所料，是里穗傳來的訊息。
看過短短的訊息後，我回覆「知道了，回家小心」，放下手機。
里穗說她今天去朋友家一起念書準備考試，在朋友家吃完晚餐才回來。
我低頭看碗公裡兩人份的蛋液。輕聲說「好吧，沒關係」，繼續俐落地做完兩份蛋包飯。
完成之後，將其中一份放進冰箱，另一份端到餐桌。
邊看電視邊吃一個人的晚餐，感覺天花板比平常更高了。奢侈使用昂貴雞蛋的完美鬆軟歐姆蛋，吃起來也沒期待中的美味。
原來這就是人家常說的「孤味」啊。
要是里穗去了東京，每天晚上自己都要懷著這種心情吃飯嗎——
我放下湯匙站起來。
從冰箱裡拿出啤酒，以口就罐咕嘟咕嘟喝下。
「呼。」
發出的聲音，被高高的天花板吸進去，消失了。

✦✦✦

晚上十點多，里穗總算回來了。

我也沒責罵她，只說「回來啦，浴缸放好熱水了喔」。

找不到機會告訴她冰箱裡有蛋包飯。

至於里穗，看到我一句抱怨也沒有，她好像也很意外，只短短說聲「啊、嗯」，很快就上樓回自己房間。

之後父女倆依然沒好好說上幾句話。里穗洗過澡後，迴避我的視線跑去廚房喝水。我在客廳看新聞，她只從背後說「晚安」就逃回二樓自己房間了。

我轉頭說的那句「晚安」，她似乎沒聽見。

客廳剩下我一個人，就把電視關了。

鄉下的夜晚很安靜。

我從身旁的包包裡拿出那兩封影印的信。

兩封都重讀了一次。

懷抱夢想的人，鼓起勇氣踏出一步，最後實現了夢想，過著充實的人生，體會幸福滋味——

總覺得，把這兩封信合起來看，就像看見堪稱「人生教科書」的「過程」。

我把這兩封信放在餐桌邊，在桌上攤開空白的「星期三郵局」官方信箋。

接著，拿起平常工作上使用的原子筆。

想了想，又換成鉛筆。

原子筆不方便重寫。

我不是今井洋輝先生那種寫得出熱情文章的人。寫信時直接塗改寫錯的地方不是我會做的事。萬一真的寫錯，還是好好用橡皮擦擦乾淨，重新寫過，這樣比較適合笨拙的我，也一定更能將心情傳達給里穗。

「那麼……」

從哪開始寫好呢。

平常「閱讀」大量信件是我的工作，一旦要我「寫信」，才覺得真是不簡單。

仔細想想，我從小最不擅長的就是寫作文。

我在信箋的第一行寫下——

「給里穗」。

之後，鉛筆就停住不動了。

好像還是用手機傳訊息比較好——

正當我有些退縮時，想起白天學生志工說的話。

「因為他都這把年紀了，還能寫得這麼坦率，是吧？」

他是這麼說的。

是啊，只要坦率寫出真實的想法，應該就能傳達。

我不停在心中告訴自己「坦率、坦率……」，思考著該怎麼寫。

最後，寫下這樣的開頭。

「『星期三郵局』收到兩封信，我偷偷影印帶回來了，希望里穗也能讀一讀。」

老實說，自己一邊寫一邊覺得不太對勁。

明明是寫給女兒的信，卻用了敬語。

可是，如果寫成「收到了兩封信，妳讀一下」好像又太高高在上，不像我的個性。

「算了，就這樣吧……」

我決定用敬語寫到底。

接下來，我用鉛筆寫了又擦，寫了又擦。

花了兩小時，好不容易完成的信，文筆拙劣得自己看了都汗顏。

「請讓爸爸支持里穗的夢想。

雖然爸爸力量微小，但也想盡力。

為什麼想支持妳呢？

爸爸用自己的方法思考了這個問題，答案也很簡單。

因為，如果能看到里穗開心的表情，爸爸（和天上的媽媽）會很高興的。

換句話說，里穗實現自己的夢想是孝順的表現。

爸爸不是犧牲自己來支持里穗，反而會因為里穗孝順了父母而感到欣慰。

這是我最真誠坦率的心情。

所以，我絕對不是一個沉重的父親。」

或許因為握筆太用力，反覆擦過好幾次的信箋看上去整張黑黑髒髒的。不只如此，明知擦了會讓信紙更髒，我還是把最後一句擦掉了。

「所以，我絕對不是一個沉重的父親。」

這句話太畫蛇添足了。

其實，本來我就是為了不讓整封信太沉重，才在最後寫下這句玩笑話——可是仔細想想，萬一里穗看不出我在開玩笑，那可就真的是耍笨。應該說，那樣反而會被認為是沉重的父親吧。光想就毛骨悚然。

我拿起橡皮擦。

「真的寫得好差，又不是小學生……」

自己挑剔著自己寫的信，把畫蛇添足的那句擦掉。

可是，哎，大概就這樣吧。不管怎麼說，也是坦率地寫了——

忽然產生一股想要獲得共鳴的心情，我望向佛壇旁的遺照。早織的笑容，看起來好像真的在說：「既然坦率地寫了，那不就好了嗎？」

遺照旁掛著月曆。

我才察覺今天是星期三。

現在，這個瞬間，日本到處都有人在寫要寄來「星期三郵局」的信吧。

和今晚的我一樣，把自己的內心投影在一張信箋上的人們——

而那許多的「記憶」，都會被送往隧道的另一端。

世界上可以有各種人生。

每個人的人生。

各自的人生都值得愛憐。

自從開始前往隧道那邊的世界後，我就明白了這件事。

笨拙的，有點心累的我的人生也好，太早結束的早織的人生也好，還有，即將體驗種種喜怒哀樂的里穗的人生也好——每個人的人生，都值得打從心底愛憐。

我甚至認為，所謂的幸福或許就是這樣。

打開電視旁放小東西的抽屜，拿出一個什麼裝飾都沒有的樸素空白信封。

正面寫上——

「星期三的信 父親上」。

將兩封影印的信和我文筆拙劣的那封信仔細折好，放進信封。

再把信封放在里穗最容易看到的地方，也就是平常吃飯時她坐那個位子的餐桌上。

✦✦✦

隔天早上——

醒來之後，我靜靜躺在棉被裡。

隔著紙拉門，豎起耳朵傾聽隔壁起居室的聲音。

聽見早起的里穗從二樓下來，腳步聲走進起居室就停住了。

她應該發現了餐桌上的信。

嘰噫、嘰噫、嘰噫……里穗每走一步，起居室老舊的地板就發出嘎吱聲。

輕輕拉開椅子，坐在桌邊。

接著，暫時安靜了好一會兒。不過，隱約聽得見翻開信紙的聲音。

不久，里穗從椅子上起來。

離開起居室，走進廚房。

水龍頭出水的聲音。鍋子和餐具的聲音。冰箱開開關關的聲音。微波爐的聲音。菜刀敲在砧板上的聲音。

再次回到起居室，坐回餐桌旁的聲音。

昏暗的和室中，我閉著眼睛躺在棉被裡。

耳中迴盪著十七年前——在婦產科等候室聽見的，里穗出生時元氣十足的初生之啼。

想起她第一次自己翻身的事。

蹣跚學步時天真無邪的笑容。

剛學會說「爸爸」、「媽媽」時的可愛聲音。

穿上幼稚園制服時那張開心的臉。

揹著小學生書包往前跑的小小背影。

小學四年級，馬尾開始成為她的註冊商標。

在那之前，一家人的記憶中總有早織耀眼的笑容。

早織離開後，里穗就算沒那麼快樂的時候，還是經常笑。

即使只是個孩子——不、正因為還是個孩子，她本能知道自己如果不笑的話，一定會被寂寞壓垮吧。
所以，我也提醒自己要經常笑。
就這樣，我們父女倆在彼此的笑容中一點一滴療癒心傷。
喀——
聽見廚房裡傳來蓋上鍋蓋的聲音。
里穗現在正在做什麼料理呢？
我躺著睜開眼睛。
用袖子擦乾從眼角流向耳朵的水滴，離開被窩。
走出走廊，朝盥洗室走去。
用冷水洗臉、刷牙，整理好心情才走進起居室。
「早，我有點睡過頭了。」
對著站在廚房裡做菜的里穗背影這麼說。
「早。」
里穗轉過頭來。
看起來心情不是非常好，但也不算差。

朝餐桌投以一瞥，沒看見我放的信，只看見三個飯糰。

我低頭看著飯糰，里穗說：

「那個給你當早餐。」

「喔，謝啦。」

「還有，鍋子裡的是味噌湯，我煮好了。」

說完，她關掉鍋子底下的火。

「里穗，妳吃早餐了嗎？」

「嗯。」

「吃什麼？」

「蛋包飯。」

「咦……」

「微波加熱吃了。」

昨晚留在冰箱裡的那盤蛋包飯。

「這樣啊。」

「嗯……」

里穗表情複雜，好像有點尷尬，又有點說不出的高興。雖然沒能看見平常她吃完蛋包飯後露出的開朗笑容，總之，今天早上能講到話就很不錯了。

「我今天在學校有股長的工作要做，得早點出門喔。不用幫我做便當了。」

說著，里穗脫下制服上的圍裙。這時，我看見「星期三的信」從制服口袋裡露出來。

「知道了。」

裝作沒看見，若無其事地回答。

「啊、糟糕，得趕快才行了。」

瞥一眼牆上的時鐘，里穗慌慌張張地在二樓房間和一樓盥洗室中間跑來跑去，最後才走向玄關。

我一如往常送她出門。

穿好鞋子，里穗看著我，笑得有點難為情。

「那我出門了。」

「里穗。」

「嗯？」

「今天要開心喔。」

頓了一頓，里穗才輕輕點頭說「嗯」，打開玄關門走出去。

啪答一聲，門關上了。

門外傳來女兒快步離去的腳步聲。

我趕緊套上拖鞋走出去。

早晨澄澈的風包圍著我。

啊、今天也是好天氣。

站在透明的檸檬色陽光下，我默默目送女兒愈走愈遠的背影。

清爽搖曳的制服裙襬。

每走一步路，黑髮的馬尾就左右晃動。

不知道是不是在用手機，里穗一直低著頭。

我看著她的背影，直到繞過轉角看不到為止。

拿了信箱裡的報紙，回到家裡。

覺得有點渴，開冰箱拿一盒蔬果汁，坐在餐桌邊。

報紙放在一旁，喝起蔬果汁。

餐桌上的盤子裡，裝著里穗捏的三個飯糰。形狀完整漂亮，還包上海苔。

喝完蔬果汁，走進廚房裝一碗味噌湯。聞到隨白色蒸氣一起冒出來的香氣，我的胃發出咕嚕叫聲。味噌湯裡放了豆腐、海帶芽和蔥，還有仔細切成細條狀的馬鈴薯。

「我開動了。」

先輕輕合掌，才拿起筷子。

喝下味噌湯，感覺得出那股溫柔暖意通過食道，進入空洞的胃。

啊、好好喝……心裡這麼讚嘆時，不經意望向天花板。

明明是一個人吃飯，卻不覺得天花板很高。

原來如此，原來是這樣啊。嗯，說的也是啦——

自言自語的我，平靜地吐出一口氣。

掀開蓋住飯糰的保鮮膜。

拿起最右邊那顆飯糰時，桌上的手機振動起來。

聊天室有訊息？

一大早的，什麼事啊。

我疑惑地拿起手機。
確認了傳訊息的人，是里穗。
剛才里穗果然邊走邊低頭用手機。
我拿起手機操作，很快地讀了訊息。
第一行字是這麼寫的：
「蛋包飯很好吃，謝謝。」
感謝的話語之後，是後悔的話語。
「我看到冰箱裡的高級雞蛋了！早知道昨晚就回家吃飯。可惜！」
對話的語氣熱烈，里穗大概也想和好吧。
我才讀到一半，新的訊息又進來了。
「星期三郵局那兩封影印的信，我也看了。世界上有各式各樣的人呢，讀了之後有點感動。」
只有一點嗎？爸爸我可是相當感動啊……
「讀了爸爸的信，我也有點高興。謝謝。」
太好了。不過，果然也是一點而已嗎？

哎，至少我那拙劣的文筆有稍微傳達了一點心意。

正當這麼想著，鬆了一口氣時。

「可是……」

跳出的訊息是個轉接詞。

我緊張起來，接下來她要說什麼呢？

然而，過了好一會兒，里穗都沒繼續傳新的訊息過來。

喂，怎麼停在這裡——

拿著手機等了將近一分鐘。

獨自焦急的我，忽然想到。

咦？難道里穗是在等我回覆嗎？從她的手機應該能看到我「已讀」……

問題是，里穗最後傳的是轉接詞「可是……」，她或許還在打後續要說的話。

我姑且打了「可是什麼？」幾個字，正打算按下「送出」。

這時，手機振動。

來了。

「可是……」的後續是一大段文字。

「爸爸勸我去東京的事，一方面讓我很高興，另一方面也覺得你好像在說『里穗什麼時候離家都無所謂』，讓我有一種被丟出去的感覺。有點寂寞，也有點哀傷。可是，讀了爸爸的信之後，我才明白……爸爸的心情完全不是那樣。原來都是我自己在那邊煩躁而已。態度一直那麼差，對不起。」

怎麼突然道歉啊——

我趕緊開始打回覆的文字。

但我可是連昨晚那短短一封信都得寫上兩小時的人，現在一時之間找不到最適合對里穗說的話。

正當我不知所措，忽然想起「貼圖」這東西。

想讓氣氛不那麼沉重的話，使用貼圖不就正適合嗎——

我從以前里穗教我下載的可愛小貓貼圖中，找出一個適合現在用的。圖案是一大一小的兩隻貓，摟著彼此肩膀笑得很開心，搭配著「感情好喵喵♪」的文字。

會不會有點太鬧了——雖然這麼想，我還是送出這張貼圖。

於是，里穗馬上回傳了同一系列的貼圖。
她傳來的是一隻小貓感動得眼睛濕潤的圖案。
接著，里穗又傳來文字訊息。
「我想，還是不去東京了。」
我還在找有沒有「欸？」的貼圖，打字速度飛快的里穗又傳了新的訊息過來。
「總之，我想先在離家近的仙台，找看看有沒有通往自己夢想的道路。」
我等她繼續傳下一句話。
過了一會兒，里穗傳來新的訊息。
「我現在才高二，離畢業還有一段時間，或許到時候夢想已經改變，我會想考大學也說不定。」
的確，她說的有道理。
「今後的事……」
傳了只有四個字的簡短訊息來。
然後，里穗又接著傳來——

「我或許會跟爸爸商量再決定。」
我凝視著訊息內容，靜靜地、深深地吸了一口氣，再緩緩吐出來。
回傳了兩隻小貓互相擊掌說「耶」的貼圖回去。
里穗傳來「請多指教！」的貼圖。
我又回傳豎起大拇指表示「OK」的小貓貼圖。
溝通得很順利。
貼圖真是方便。
才剛這麼想，里穗又傳了文字訊息。
「還有，」
還有？
「爸爸的信，雖然寫得很好，」
雖然？
「但你把最後一句擦掉了吧。」
咦……
難道——我倒抽了一口氣。

「下筆太用力，擦掉之後還隱約讀得出原本的字跡喔。」

搞什麼啊。

我傳了小貓抱頭大喊「欸～」的貼圖。

「竟然讓青春期的女兒讀這種講了冷笑話又想掩飾的信，真是的。」

真是的——

怎樣嘛？

「爸爸果然很沉重（笑）。」

我拿著手機笑出來。

里穗現在一定也笑得很得意。

我傳了「震驚……」的貼圖。

里穗再度傳來「附註」的文字訊息。

「今天晚上我會滷鰈魚，早點回來吃喔。那就這樣，到車站了，我先去搭車！」

滷鰈魚。

我最愛的一道菜。

也是里穗最擅長的料理，過去她為我做過無數次。這道菜是父女倆這個小小家庭裡的「家的味道」。

我終於想到可以回覆什麼了。

食指不熟練地點著螢幕，輸入文字。

「謝謝。今天也要開心。」

按下「送出」。

接著，彷彿品嚐清爽海風滋味似的，我緩緩深呼吸。

內心感到不可思議的明亮。就像穿越那道黑暗隧道，重見光明時的心情。

「那麼——」

小聲說著，拿起一個飯糰。

飯糰還有一點暖暖的餘溫。

我張大嘴巴，咬下三角飯糰的頂點。

包在裡面的是生薑佃煮牛舌。

我忍不住微笑。

這是所有飯糰口味中，我最喜歡的一種。

咀嚼著喜歡吃的食物，望向佛壇旁的遺照。

總覺得早織的眼神看起來比平常更耀眼，好像在偷笑我這個「沉重的老爸」。

真的好好笑——

內心淺淺低喃，早織燦爛的笑容在模糊的雙眼中微微搖晃。

4章　井村直美的吐司麵包

裝著滿滿衣物的紙箱堆成一座又一座的小山。

用衣架掛起來的衣服一排又一排。

這個幾乎有小學體育館那麼大的倉庫裡，總是安靜得近乎詭異。不管走到哪光線都是那麼昏暗，只有小窗外照進白色的晨光。仔細朝那光中看，能夠看到無數發光飛舞的塵埃。

我們幾個兼職女員工（總共五人）為了不吸進這些大量的塵埃，全都戴了一樣的拋棄式口罩。

工作頗為忙碌，但內容還算簡單。按照網路訂單找出倉庫裡的衣服，包裝後寄送，如此而已。有時可能需要視情況放入廣告傳單，但不管怎麼說都只是「純勞力」。

今天，開始工作一小時左右時，很少出現的商品管理部長來了。這位高階主管有著胖胖的身材和稀疏的頭髮，總是像惠比壽神一樣笑咪咪的，無論正職員工或兼職員工對他評價都不錯。換句話說，就是「受人愛戴」的角色。跟在部長背後的，則是我不太喜歡——老實說，其實是最討厭的年輕上司（組長）。

「嘿，大家請過來一下。」

長得像惠比壽神的部長站在倉庫入口大聲要大家集合。

包括我在內的兼職員工們紛紛聚集，口罩上的眼睛都露出疑惑的神色。

「所有人都到了？」

部長問。

「是！部長！全員五人到齊！」

我最討厭的組長回覆得特別大聲俐落。

這位組長是那種只在上司面前才會站得直挺挺的類型。只要上司一離開，他就老是一副高高在上的樣子，雙手盤在胸前，踩著外八字的腳步在倉庫內走來走去，不是挑剔就是挖苦我們這些兼職員工。

「各位早安。今天也辛苦了。」今天早上，部長一如往常笑咪咪地跟我們打完招呼後，說了有點令人意外的話。「是這樣的，很遺憾地要通知大家，熊倉做到這個月底就要離職了。」

咦——

組長要走了嗎？

口罩底下的臉差點笑出來，我拚命忍住，觀察周圍的兼職同事。大家都一樣，雖然睜大了眼睛，但沒有一個人顯得失望。

「熊倉呢，要搬到沖繩的宮古島居住，今後一邊當潛水教練，一邊……咦？你是說要去做什麼來著？」

「在朋友的甘蔗田幫忙。」

「啊、對了對了，是甘蔗田。」

「是！」

「熊倉是優秀的人才，所以我也慰留過他，但他說無論如何都無法放棄夢想。」

「真的非常抱歉，部長。」

組長畢恭畢敬地低下頭。從這種諂媚的姿態，還真難想像他平常有多頤指氣使。

「總之，就是這樣，兼職的各位或許也很捨不得，但他就做到這個月底了，在那之前，大家還請一如往常跟著他努力工作喔。」

聽見幾個人口罩底下發出含糊的「是」，我沒有開口。

「熊倉有什麼要說的嗎？」

「不、我等過幾天再正式向大家致意。」

「說的也是，還有送別會嘛。」

「是。」

送別會？

誰想參加啊？

察覺自己皺起眉頭，我趕緊放鬆臉部肌肉。為了這種傢伙增加眉間細紋太划不來了。

「那麼就是這樣，過幾天會舉行熊倉的送別會，詳情再另行通知各位。」

聽到部長這麼說，也沒有半個人回答「是」，大家甚至沒有點頭。即使如此，開朗的部長像是不太在意，繼續說：

「我的報告就到這邊。抱歉大家工作到一半的時候打擾。那麼，今天也麻煩各位了，包貨寄件請務求正確，避免失誤。」

說完，部長又笑咪咪地走出了倉庫。

我們各自解散，回到原本的位置。這時，碰巧走在我身邊的是個微胖的二十幾歲女生，她在我耳邊輕聲說：

「熊倉先生都三十三歲，有妻有子了，真虧他下得了換工作的決心。」

「欸？那個人有妻有子了喔？」

「是啊，直美姐，妳不知道嗎？」

「不知道啊，應該說，我對他一點興趣都沒有。」

我回答時，背後傳來不高興的聲音：

「喂，妳們幾個別閒聊了，快點開始工作！」

回頭一看，一如往常雙手抱胸，頤指氣使的組長正一臉不悅地看著我們。

部長一走就這樣。

我們無奈地彼此使了個眼色，輕聲說「那就這樣嘍」、「好」，分頭走向大型架子的左右兩邊。

✦✦✦

午休時間，一方面當作散散步，我走到便宜的自助式咖啡店，一個人吃簡單的午餐。這間店位在離車站較遠的地方，優點是午餐時段店內也不擁擠。
坐在兩人座的桌子旁，吃著喜歡的三明治時，包包裡的手機忽然振動。是電話。我腦中閃過鬧翻的高中時代友人伊織的臉。
那天——在伊織家附近高級住宅區裡的咖啡店，我因為嫉妒她得天獨厚的人生，把伊織一個人留在咖啡店的露台座位，自己氣沖沖地離開。
緊張地拿起手機一看，結果打來的人不是伊織，是小百合。高中時代，小百合和我及伊織同樣參加硬式網球隊，當時還擔任隊長。
吞下嘴裡的三明治，我小聲接起電話。
「喂？」
「啊、直美，好久不見。現在可以講話嗎？」
「嗯，沒問題。只是我人在咖啡店裡，不能太大聲。」
「啊、抱歉。」
「沒關係，是說，小百合妳最近好嗎？」
「嗯，我很好。直美呢？」
「我也很好，跟平常差不多啦。」

接下來，我們聊了一會兒的「無意義開場白」。愈是需要顧慮的對象，這種開場白就會拖得愈長。

「對了，今天怎麼會突然打給我？」

遺憾的是，這通電話花了一分多鐘才終於進入正題。

「喔，對啦，其實是這樣的，昨天網球隊的花江學姐打給我，說想舉行三個學年合辦的同學會，要我召集我們這一屆的大家。」

「三學年合辦？」

「是啊。學姐她們那一屆興致勃勃的，好像想辦得盛大一點。」

「是喔。」

高我們一屆的學姐們人數眾多，從以前就很團結。

「聽說武智老師也會來喔。」

「是喔，真懷念耶。」

武智老師是當年網球隊的社團指導老師。

當時的他年紀輕，個子高，長得也滿帥的，每一屆至少都有一個女生暗戀他。老實說，他不是我喜歡的型，可是沒記錯的話，伊織——

「妳不覺得伊織一定會來嗎？」
小百合促狹地說出我想說的話。
「啊哈哈，是呀。」
為了不讓小百合聽出內心的五味雜陳，我花了好一番工夫控制語氣。
「畢竟伊織最喜歡武智老師了嘛。」
「是啊。可是，人家伊織現在嫁給那麼好的老公，過得很幸福了啦。」
我刻意為話題踩煞車。
沒想到，小百合反而加速踩油門：「話是這樣說沒錯……」
「伊織也有種種煩惱吧？」
「咦？」
伊織哪有什麼煩惱？
我把手機壓在耳朵上，疑惑地歪了歪頭。
「欸？直美妳不知道嗎？」
「什麼？」
「就是……不孕治療的事……」

我完全不知情。

那個嫁給了帥又有錢的金龜婿，做著自己喜歡的工作，過著平靜優雅生活的伊織——

無論如何都想知道詳情，我忍住胸中刺痛的感覺，順著小百合的話說：

「喔、妳說那個啊，嗯，我有聽說啊。」

「對吧？直美跟伊織那麼好。」

「啊哈哈、也是啦——」

我臉頰抽搐，刻意輕輕地笑了笑。

「伊織開始不孕治療已經整整兩年了呢。」

「啊、嗯……」

「她先生買狗回家時，其實她受到很大的打擊不是嗎？」

「……好像是呢。」

伊織在我心中那優雅的笑容——正發出啪哩啪哩的聲音，從表面不斷剝落。

「妳也知道，伊織那個人就是這樣，偶爾還會要我傳自己小孩的照片給她看。」

「啊、我懂。」

我嘴上說著與情感無關的謊言。

「還說什麼『長這麼大了啊』之類的話。」

「嗯。」

「可是，每次傳照片給她，我都有點不好意思。」

「是啊。」

「一想到伊織不知道用怎樣的心情看我家孩子的照片，我就……唉……」

小百合嘆氣的聲音沒有帶刺，她是真心地擔心伊織。

「別這麼想嘛，伊織她個性有點天然呆，很少人像她這麼單純。她也不是會嫉妒的那種人吧？」

對伊織滿心嫉妒的我，這時不知為何說了她的好話。

「是啊是啊，這我知道，所以還是傳了照片給她。」

「看到小百合的小孩成長，她一定單純覺得很溫馨而已啦。」

「她從以前就是這種女生嘛。」

「是啊。」

「總覺得啊，每次看到伊織笑咪咪的樣子，就好希望她的不孕治療趕快成功喔。」

「真的，我也有同感。」

我一邊點頭，一邊感覺胃裡有股不舒服的熱度翻湧。如果現在嘆氣的話，呼出的氣體裡一定夾雜了毒素。

我和小百合忽然沉默下來。咖啡店裡放的音樂，從安靜的爵士樂換成懷舊西洋流行歌。

像是配合音樂改變似的，小百合換了個話題。

「啊、對了對了，重要的事還沒跟妳說。」

「重要的事？」

「同學會的日期時間和地點呀——」

「啊、嗯。」

接下來，我們又聊了十五分鐘左右。

一半聊同學會和高中時代的回憶，一半互相報告近況。伊織的事，彼此都沒再提隻字片語。

結束和小百合的通話後，我把手機收回包包，低頭看吃到一半的三明治。想著麵包可能有點乾掉了，腦中浮現伊織寂寞的笑容。

那天——把伊織丟在那間時髦咖啡店時，我把自己人生過得不夠自由的錯怪在兒子們身上。

行程基本上都得配合小孩，必須以小孩為優先的「母親」的心情，伊織妳一定不明白吧？

就算我沒講得這麼白，伊織一定也感受得到我就是這個意思。

拿起三明治。

麵包表面已經乾巴巴了。

「呼……」

我嘆了一口氣。

這聲嘆氣，是因為麵包乾掉的關係——這麼說服自己，卻嘆了更深的一口氣。

✦✦✦

傍晚，結束兼職工作回家，檢查玄關口的信箱時，看到幾張廣告傳單裡夾著一封信。

收件人的名字是我。

誰寄來的啊？

翻到背面一看，我嚇了一跳。

是星期三郵局，我早就忘記這件事了。

「原來真的會寄來……」

嘟噥著理所當然的話，走進其他人都不在的家裡。平常就算家裡沒人，我也會對玄關說「我回來了」，今天卻連這都忘了，直接脫掉鞋子。

坐在客廳桌旁，包包放在旁邊的椅子上，看一眼牆上的時鐘。還沒關係，丈夫加班，兒子們要參加社團活動和補習，不會這麼快回來。

要是平常，我早就開始準備煮晚餐了——

現在，我拿起剪刀，小心翼翼拆開星期三郵局寄來的信封。

抽出裡面折起的信箋，打開來看。信箋總共有三張。看來是一封長信。

不知哪裡的誰寫的信。

奇妙的緊張令我心跳加速，先做了一個深呼吸。接著，視線落在那三張信紙上。

最先看的是寄件人欄位。

上面寫的名字是「洋輝」。

年齡三十三歲。

小我七歲——換句話說，豈不是和組長同齡嗎。

只因跟我最討厭的人同齡，我就戴上有色眼鏡去看。忍不住對這樣的自己發出苦笑，開始讀起信件正文。

沒想到，第一行就讓我心跳更加劇烈。

「我是個懷著成為繪本作家夢想，但仍一直在公司工作的上班族。現在是星期三晚上，我正在小酌。窗外，住同一棟公寓的住戶在庭院裡挖了一個小洞，安葬他養的貓。看著他的身影，我思考了關於『死亡』的事。同時也思考關於『活著』的事。人生只有一次，該怎麼活過這一生，死的時候才不會後悔——」

愈往下讀，愈感覺得出這是一鼓作氣寫下的內容。字跡愈來愈潦草，寫錯的地方直接塗掉重寫，是一封「未加修飾」的信。

寫這封信的洋輝先生說自己是「沒有勇氣辭去公司工作」的人。而且，他還說沒有勇氣那麼做的原因是「有未婚妻」。換句話說，他不敢承認自己膽怯，拿未婚妻當藉口。

更傷腦筋的是，沒有勇氣的同時，又嫉妒著當自由接案插畫家的朋友。

「我討厭這樣的自己──」

讀到這行時，我再度深呼吸。

放棄夢想，抱怨日常，把自己的不順利怪罪到他人身上。不只如此，還嫉妒朋友，討厭自己。

這不就是我嗎……

跟我一模一樣。

這麼一想，感覺像是自己受到責備，內心犯了點嘀咕，害怕繼續往下讀。可是與此同時，我又從寫這封信的洋輝先生身上感到一種難以言喻的親切感。

在「愈怕愈想看」的心情和這股親切感的幫助下，我繼續往下讀。

煩惱的洋輝先生，某天因戀人若無其事的一句話而大受感動。

「傾聽自己心裡的聲音，坦然跟隨心中產生的情感，只要這樣活著，死的時候一定也能感到痛快淋漓。」

他也在信中提到，那位被自己所嫉妒的插畫家朋友說的話，是如何痛切地戳中他的心。

「難得誕生在這世界上，不好好玩一玩就虧大了嘛。一味做著不喜歡的事，人生就這樣結束，我絕對不願意那樣。」

原來如此，我懂——

這兩段話也在讀信的我心中迴盪不已。我和洋輝先生個性應該很像吧？不只如此，就連現在這個瞬間，我們雖然各自活在不同的地方，卻經歷著相同的境遇。更巧的是，洋輝先生寫的信，居然這麼剛好的寄到了我手中。

這麼一想，我寧可相信這是奇蹟。

不知不覺中，我對這位素未謀面，小自己七歲的男性懷抱起不可思議的好感——同時，想起伊織口中的「同類」。

洋輝先生是怎樣的人呢？

即使年齡相同，他和組長那種人一定完全不一樣吧——

我想著這種無謂的事。
再次讀起這封信。
第三張信箋最後，他是這麼寫的：
「我不再逃避了。不想再對自己和自己的心說謊。為了成為繪本作家，從星期三的這天起，我要鼓起勇氣（發揮玩心）往前邁出一步。人生只有一次，不想死的時候才後悔。」
感受得到洋輝先生堅定的決心——
這段擊中我內心的文章到此結束，不過，文章最底下的空白處，還畫上了一幅五公分見方的線條畫。
乍看之下只是隨手亂畫，仔細一看，這幅描繪了燈塔的畫富有深長的韻味。
啊、信就這樣結束了——
我輕輕嘆一口氣，再次翻閱起那三張信紙。
那些蘊含了強而有力心意的文字。
一鼓作氣的文章。
還有那幅燈塔的畫。

這封信的字裡行間吹過一陣孕育「未來」的清爽海風，感覺現在這陣風正從我心中吹拂而過。

把信紙輕放在桌上。

我發現自己雙臂都起了雞皮疙瘩。

好想回信給洋輝先生。想對這個跟我很像的人說「加油」，想傳送鼓勵的訊息給他。

這麼熱切地想著，連背上都爬滿了雞皮疙瘩。

只可惜，星期三郵局採用的是隨機交換信件的機制。就算我寫了回信寄到星期三郵局，那封信也不會送到洋輝先生手上。

既然如此──

坐在椅子上的我挺直了背脊。

就把現在這個瞬間從我心中吹拂而過的那陣風，當作是在背後推我一把的風吧。這封信碰巧來到我身邊，偶然連繫起了我們兩個相似的人。老實說，我不確定世上有沒有神，可是，如果有的話，這一定是神的安排，是神想對我傳達的訊息吧……

當我開始把事情朝這對自己有利的方向解釋時，腦中浮現了一個點子。
抬頭看時鐘。
晚餐……
「還有時間吧。」
自言自語的我，把筆電拿到桌上，連上網路。
打開搜尋引擎，輸入文字。
家附近的麵包烘焙教室——
「搜尋……」
按下搜尋的同時，結果立刻出現在畫面上。看到搜尋結果，我不由得發出驚呼。
「有這麼多啊……」
電腦螢幕上，列舉出我家附近的地圖和幾間麵包烘焙教室的資訊。其中至少有六間都在從我家或職場就能輕鬆前往的地方。
我從第一條跳出的資訊開始，依序連上官方網頁查看。有學習正式麵包烘焙的專門學校，也有只有週末開設的麵包教室，甚至有單日體驗教室，可以只挑自己想做的麵包款式，當天去實際體驗製作就好。

網頁上還有實際參加過教室的人的「感想」，照片裡大家都笑得很開心，經驗談的內容也充滿樂趣，光看都忍不住跟著笑起來。也有人寫「來這間教室上課後，交到了志同道合的好朋友！」

「好像很有趣……」

我一邊這麼喃喃低語，身體不由自主往前傾，專注得額頭都快碰到電腦螢幕了。

要是能去麵包烘焙教室上課——說不定我也能認識「同類」。伊織口中的同類。麵包烘焙教室裡或許有和我相似的人，等著我去認識。

視線離開電腦螢幕，恍惚地望向比壁掛時鐘更高的地方。

腦中不斷思考。

高中時代的夢想，開麵包店——

現在，如果我能去麵包烘焙教室上課，或許能為眼前這黯淡不起眼又倦怠的日常生活掀起一陣清新的風。就算只上週末班也沒關係，這樣的話，平日還是可以繼續兼差。我知道烘焙麵包有多快樂。如果能讓誰吃我親手烤的麵包，聽到對方開心地說「好吃」，那一定會更快樂。

腳踏實地持續去麵包烘焙教室上課，我的手藝也會慢慢進步，最後說不定做得出能拿來賣的麵包——賣麵包成為我的「副業」。丈夫的公司現在只靠週轉經營，誰也不知道會不會哪天就經營不善。到時候，就算我的「副業」幫助不了家計，至少能避免自己成為丈夫的累贅。

更何況，比起每天活得鬱鬱寡歡，先生和孩子一定更想看到我過得充滿活力。那樣家裡的氣氛絕對也會比較好。

開心地學做麵包，慢慢朝販售的路前進，總有一天，好好地把夢想實現。

我的人生，就只有這麼一次。

就像洋輝先生說的，不想死的時候才後悔。

我把洋輝先生寫的信折好放回信封。

闔上電腦。

「呼。」

呼出一口下定決心的氣，從椅子上起身。

好，來煮晚餐吧。

今晚稍微偷工減料也無妨啦。
這麼想著，打開冰箱，檢視裡面的食材。

✦ ✦ ✦

隔天是星期六。
孩子們學校放假，但我仍一如往常早起準備早餐。這是因為，丈夫必須犧牲假日去工廠上班。
「昨天胃痛了一整個晚上——抱歉，早餐能煮粥給我吃嗎？」
剛睡醒，頭髮像天線一樣翹起，丈夫一邊這麼說，一邊隔著睡衣摩挲肚子。
「都這樣了還要去上班？」
我這麼問也是理所當然的吧。
「交貨日快到了，好幾個師傅都來趕工，我至少也得去露個臉才行。」
按著心窩，眉毛皺成了八字的丈夫苦笑著說。
「光是露臉的董事，在不在都沒差吧？」

這麼說的時候，我想起的是在公司裡就像一對裝飾品的公婆。

「怎麼可能，我當然也要一起做事啊。看到董事勤奮地操作機械，師傅們才會願意工作的喔。」

「是哦……」

「董事得身先士卒，帶頭示範才行啊。」

「那……總之，你別太勉強自己。」

「我不會啦，我那麼怕痛。」

說著，丈夫的手依然摩挲著肚子。

這個人和我不一樣，從以前就是不會偷懶的人。老朋友或公司的人都說他是個「濫好人」。

我把做到一半的煎蛋捲和披薩吐司放在一旁，拿出昨晚的剩飯，開始煮粥。很快地，兩人份的白粥和梅干、味噌湯一起端上桌。

我自己也在丈夫對面坐下來。

丈夫說「我要開動了」的聲音有點嘶啞，皺著眉頭的表情像在吃什麼難吃的東西，胃大概真的很不舒服吧。話雖如此，我知道就算叫他「別勉強吃」或

「吃藥」也沒用。丈夫堅信人一定要吃早餐，不然整天都會沒精神，又是個最討厭看醫生吃藥打針的人。即使如此，我還是打算最近帶他去一趟醫院，不管他討不討厭都得去。

「噯。」

我隔著桌子叫他。

「嗯？」丈夫抬起頭，好像誤會了我的意思，辯解著說「不是東西不好吃，只是胃太痛了」。看來他也知道自己吃東西的表情顯得東西難吃。

「不是啦，我是要跟你說——」

朝放在桌角的洋輝先生的信投以一瞥，我接著說：

「我最近想去上麵包烘焙教室，學做麵包。」

「啊……怎麼突然這麼說？」

丈夫端著味噌湯碗，挑了挑眉毛。

「只上週日班或假日班也沒關係，我想去報名上課看看。」

「所以是為什麼啊？」

「什麼為什麼……」

「總有個原因吧？」

丈夫用不太高興的眼神這麼問，我深吸一口氣，豁出去地說：

「因為開麵包店本來就是我的夢想。」

「欸、夢想？」

「嗯，對。」

「我怎麼不知道。」

「因為我第一次說。」

「……」

丈夫沉默不語，表情有些意外。

「然後啊，當然也不是說就因為這樣啦，但總之昨天我上網查了一下，發現家附近就有麵包烘焙教室，學生們看起來也學得很開心。我結婚後一直過著沒有自己嗜好的生活，想去享受一下學習的樂趣。」

「我說妳──」

「抱歉，聽我說完好嗎？」

我直視丈夫的眼睛打斷他。

他閉上話說到一半的嘴巴。

「……」

「總之，我暫時想去假日限定的教室上上看。如果能烤出美味的麵包，家人也會很高興，你們開心我就開心啊。再說，要是將來做得出能賣的麵包，對家計也有幫助吧？雖然可能只是賺點零用錢的程度，但有總比沒有好吧？」

「意思就是——」一直默默聽我說的丈夫，小心翼翼地開口：「直美，妳想開間專業的麵包店？」

「應該說，如果開得成就太好了。不過，我沒有打算投入一切去當個專業的麵包師傅喔。」

丈夫依然一臉意外地看著我。

「我描繪的想像大概是這樣，不行嗎？」

「嗯唔……」

丈夫盤起雙手思索。可是，他身穿睡衣，頭上還豎起天線，實在有點滑稽。他又歪著頭說：

「直美，妳最近是不是有什麼事？」

「咦？」

瞬間，腦中浮現的是伊織的臉。同時，桌上那封信映入眼簾。

「啊、這個。」

我把洋輝先生那封信推到丈夫面前。

「這是什麼？」

「你聽說過『星期三郵局』這項服務嗎？」

「星期三——郵局？」

「嗯。」

「沒聽過耶。」

「是喔。」

「是什麼？」

「呃……簡單講，就是把自己某個星期三發生的事寫成一封信，寄到星期三郵局，那裡的工作人員會把來自各地的信洗牌後再隨機寄出，是這樣的一項服務。」

丈夫頂著頭上的天線想了想。

「所以咧？」

他這麼說。

「所以，我也試著寫信寄過去了。」

「……」

「這封信，就是星期三郵局隨機寄給我的信。」

「原來是這樣啊。」

丈夫像是終於聽懂了星期三郵局的機制，有點感興趣似的拿起信封。然後，又問了一次「所以咧？」

「寫這封信的人，其實想成為繪本作家，但他一直放棄這個夢想，繼續當個上班族。不過，現在終於鼓起勇氣——」

「啊、停、停！」

丈夫忽然伸出雙手，打斷我的話。

「先停一下。」

「抱歉說明到一半打斷妳，仔細想想，我現在沒時間慢慢聊這個。上班要遲到了。」丈夫一邊看著牆上的鐘一邊這麼說。「總之，這封信我先借走，可以嗎？」

「可以是……可以……」

「我晚點到公司再看。」

說完，丈夫先伸手摩搓心窩，再把信放回桌上，喝起味噌湯。

我差點用力嘆出一大口氣，只能用力把已經到喉頭的嘆息吞回去。

說不定現在這個人——光是聽我說這些話，對他就會形成很大的壓力了。這麼一想，總覺得繃緊的背脊稍微放鬆了一些。我把身體靠在椅背上，打開電視，出神地看著新聞和氣象預報。

過了一會兒，丈夫說「我吃飽了」，從椅子上站起來。味噌湯喝完了，但裝粥的碗底還剩下一些。

「那這封信先放我這邊喔。」

拿起洋輝先生那封信，或許因為胃痛的關係，丈夫微微駝著背說「我去換衣服」，走出了客廳。

✦ ✦ ✦

將近正午時，兒子們輪流起床了。

兩人都嘀咕「肚子餓」，我就快速炒了烏龍麵端上桌。正在發育的男孩子像兩隻肉食獸，大口大口吃光了炒烏龍麵，很快地跑出家門了。好像是各自跟學校朋友約了出去玩。

孤零零留在家裡的我，趁心情變得沮喪打開筆電，上網搜尋「烤出美味麵包」的食譜。

「既然要做，就來做個吐司吧。」

即使只有一個人，我也刻意用開朗的聲音自言自語。

從搜尋到的種種網站裡，打開解說最仔細的網頁，確認製作吐司麵包需要的材料。

一次可以烤出兩條吐司的「烤模」，沒記錯的話，結婚時從娘家帶了一個來，現在應該也還在廚房餐具櫃的深處。

「接著是家、裡、沒、有、的——」

做吐司麵包需要的高筋麵粉、無鹽奶油、乾酵母……

家裡沒有的東西太多了，我把這些寫進手機備忘錄，關上電腦。發出激勵自己的聲音起身，隨手拿起衣服換上，簡單化個淡妝，打算去附近大型超市購物。

今天天氣不錯。

外出購物順便騎腳踏車兜兜風，心情應該會開朗一些。

既然都決定了，就多做幾個深呼吸吧。

我走出玄關，跨上有點生鏽的腳踏車。

然而，騎出家門前的窄巷，彎過第一個轉角時，才赫然發現裝了錢包的手提包放在玄關地上忘了拿。

啊、真是的……

對脫線的自己嘆氣，一個迴轉準備騎回去時，住宅區上空太過清爽的藍天映入眼簾。不知為何，那片藍滲入我空虛的心中。

維持跨騎在腳踏車上的姿勢，我必須趕緊多做幾個深呼吸。

慢慢地，吸入與那片藍天相通的空氣，再吐出來。

重複了兩次。

踩下腳踏車踏板，朝家的方向騎回去。

和剛才騎出來時相比，踏板變得沉重許多。

◆◆◆

特地去超市買材料回來做的吐司麵包，烤得比想像中還美味。

Q彈有嚼勁的吐司——

和食譜網站上寫的一樣，撕下一塊剛出爐的吐司試吃時，我忍不住發出「哇，好好吃」的讚嘆。

腦中立刻浮現吃了這個麵包的丈夫和兒子開心的臉。

接著，我想起伊織說的話。

高中時，我帶著和母親一起烤的麵包去學校，和伊織及小百合在頂樓一起品嚐……

心飛到了過去，當年從校舍頂樓眺望的城鎮風景，輕柔的風從水手服袖子吹進來時的觸感，以及我們沒來由的歡鬧聲……全都浮現腦海，我差點沉浸在感傷之中。

烤麵包這件事，和當年一樣快樂。
吃麵包當然也很幸福。
可是，終究還是得有人吃了我做的麵包後，笑著稱讚「好吃」，才真的能體會到那種充實的感受。我再次體認這一點。
不經意地，耳朵深處響起伊織說的話。
——要不要先試著做些讓親近的家人——比方說妳討厭的公公婆婆——先試著做些讓他們高興的事如何？
在那間咖啡店的露台座位，身旁吹著高級的風，伊織給了我這聽起來像是漂亮話的建議。
我低頭看剛出爐的吐司麵包。
自家人要吃的被我撕了一小塊，但也幾乎還有一整條。
如果把另外一條完整的送給公婆呢……
今天是週六，公婆應該在同一塊地上的主屋裡休息吧。

如果像伊織說的，這條吐司討得了他們歡心的話，或許值得一試。
反正麵包再烤就有，材料也買了很多——
這麼告訴自己，把另一條吐司裝進塑膠袋，套上玄關口的拖鞋走出去。
直接走到隔壁主屋門口。
先做一次深呼吸。
我按下電鈴。
「來了來了。」
拉門那頭聽見婆婆的腳步聲。
「抱歉休息時打擾您，我是直美。」
我的語氣下意識地客氣起來。
門內傳來解鎖的聲音，拉門打了開。
「哎呀，直美，怎麼了嗎？」
婆婆睜圓眼睛，態度略顯浮誇。
「啊、呃……我剛烤了吐司，想說……您不嫌棄的話——」
我跨過門檻，雙手遞上熱騰騰、剛出爐的麵包。

由於婆婆站在屋內高起的地板上，我這動作簡直就像「進貢」。

「這條要給我們？」

「是的。」

於是，「我都不知道直美還會烤麵包，很厲害嘛。那我就收下嘍。」婆婆這麼說著，接過了袋子。

接著，她微笑著說「謝謝妳呢」。

看到婆婆的笑容，我原本緊張的心情放鬆了一些，我也回答「沒有啦，只是簡單的食譜」，自己也沒想到能坦率地報以微笑。

然而，下一瞬間——

「啊、對了，直美。」

婆婆皺起了眉頭。

「是——」

這時，我已經有不好的預感了。

「那孩子今天也去上班了嗎？」

她所謂的「那孩子」，指的當然是我丈夫。

「啊、對……」

「為什麼？」

「咦？」

「我就是在問妳，為什麼難得放假，他還要去工作？」

婆婆的聲音裡，開始出現小小的棘刺。

「那個……詳細情形我也不是很清楚……可是他說今天師傅們都犧牲假日努力工作，自己也不能不去——」

我回答婆婆的問題，她卻打斷我說：「噯，我說妳啊。」

「咦……啊、是。」

「妳不覺得那孩子最近看起來身體不太舒服嗎？」

這時應該要回答「看得出來」或「不覺得有這回事」呢，不同的答案可能讓當下的氣氛完全不同。不、真要說的話，照現在的對話內容看來，不管選擇哪個答案氣氛都會變得惡劣……

為了保護自己不被婆婆刺傷，我的心已經縮進貝殼裡。因此，沒能馬上做出回答。婆婆看我這樣，露出傻眼的表情。

「直美，原來妳根本沒發現那孩子不對勁啊？」
「咦……」
「我想妳也知道，那孩子個性有他溫柔的一面，大概是不想讓直美和小孩擔心，在家裡都裝得很有精神吧。」
我小心翼翼地開口：
「呃，他今天早上有說胃痛。」
「他說了嗎？」
「對……」
「果然說了啊。」
「……」
婆婆一臉不耐煩，站在高起的地板上低頭看我。
我無法和她四目交接，視線落在婆婆右手提著的那袋麵包上。
「去醫院了嗎？」
「還沒去。」
「為什麼？」

反正就算我叫他去，討厭看醫生的丈夫也根本不會去——眼前的氣氛，根本不容我這麼辯解。

「對不起……」

我對著吐司麵包道歉。

「昨天，那孩子他爸在公司裡跟他說了喔，說『明天的工作交給員工去處理就好』。」

「咦——」

「因為看他最近好像很累的樣子，才叫他休息一下，結果他還跑去上班。」

婆婆故意嘆氣給我看。

又要怪我嗎？

我才想嘆氣呢。

開什麼玩笑，臭老太婆。

我在貝殼裡自己喃喃嘟噥，不讓婆婆聽見。

話雖如此，我也不是不能理解公婆擔心兒子健康的心情。要是我自己的兒子們一天比一天憔悴，還犯了胃痛的毛病，我應該也會很擔心，苦口婆心要他去看醫生吧。

「那個……今天爸不在嗎——」

我不經意地問。

「剛才出門了，說要去打麻將。」

「這樣啊，爸爸今天也要工作嗎？」

我以為公公是為了應酬才去打麻將。聽丈夫說過，公公不擅長高爾夫，但熱愛打麻將，應酬時經常邀請客戶打麻將。

然而，婆婆搖了搖頭。

「不是喔，他是自己跟朋友去玩。」

婆婆特別強調「去玩」。

她說的話，聽在我耳中真是非常的不合理。

去玩？自己的公司都快經營不下去了？在明知自己的兒子身體不舒服還勉強工作的情況下？話說回來，你們夫妻倆才是這間公司的社長和執行董事吧？

不、在那之前，你們是我先生的父母吧？

「那孩子也應該去玩玩才對。他從以前就是這個性，該說是太老實了嗎？

怎麼說才好呢。」

婆婆再次評論起我丈夫。

「……」

「不管做什麼事都是一頭栽下去，沒法同時做兩件事。個性雖然溫柔，但就是因為這樣，也比人家笨拙。」

「……」

「無論是把工作和玩樂分開，還是在經營者跟員工之間拉出清楚的界線——這些，那孩子都做得不夠好吧？」

我絕對不願意點頭，只是緊盯著婆婆手中提的那袋吐司。

「就因為他這麼笨拙，再加上那濫好人的個性，才會一直當不上社長，公司業績也拉不上來。」

緊閉的貝殼中，我的心開始顫抖。

每天在工廠辛勤工作，把自己累得像條破抹布，回到家一句怨言也沒有，連假日都要上班，說那些從小就疼愛他的老師傅「像家人一樣」，面對幾乎不做事卻坐領高薪的父母，他也只是苦笑帶過——不只如此，還一個人肩負起經營不善的公司責任，這個人就是這麼笨拙——

沒錯，我的丈夫就是一個這麼笨拙的人。

濫好人的程度也幾乎可以說是笨蛋。

可是——

雖然不甘心，我的眼底漸漸湧出溫熱的東西。

「直美，妳也這麼認為吧？」

就算盯著吐司看，眼前也能浮現婆婆那瞧不起人的嘲弄笑容。

「那孩子真的是個濫好人對吧？」

「……」

我沒有回答，瞥了婆婆的臉一眼。

在她傲慢的視線下，心臟情不自禁縮起來。

可是，看到她「哼」的一笑時粗俗的法令紋，也不知道為什麼，我撬開了原本緊閉的貝殼。

「請不要……太瞧不起人……」

嘶啞顫抖的聲音，從貝殼縫隙間洩出。

我不承認那是哭腔。

只是聲音因憤怒而顫抖而已。我這麼告訴自己。

「欸……」

婆婆像是有點嚇到，低頭看著我。

「請不要輕蔑我的丈夫。」

「我又沒有——」

「您以為公司能撐到現在是誰的功勞？」

嘶啞的聲音，總算勉強恢復正常。

可是，我原本就是個膽小鬼，沒辦法一直抬頭看她。因此，我對著剛才懷著幸福的心情烤出來，出於善意分給公婆的那包吐司，更大聲地說：

「正因他不管對誰都一樣親切有禮貌，師傅們才願意犧牲假日去工作吧？」

「這……」

「難道不是嗎？」

「直、直美？」

婆婆突然用討好的聲音叫我。

但是，這聲音反而更用力撬開了貝殼。

「正因他對師傅們抱持著敬意，才會不顧自己胃痛也要去上班吧？」

一直鬱悶累積在內心的某種又黑又熱的東西，從喉嚨深處不斷吐出。已經停不下來了。

「要是沒有師傅們努力工作，您以為公司現在會變成怎樣？師傅們沒有另謀高就，願意留在公司，又是拜誰所賜？」

「等……等一下啊，妳是怎麼了，直美？」

婆婆難掩驚訝。

也難怪她會這樣。畢竟嫁到這個家至今，這還是我第一次對婆婆表現出反抗的態度。

「您說我那個笨拙的濫好人丈夫不具備當社長的資質，就算這樣，我也不在乎。」

雖然不在乎，但很生氣。

氣到一肚子火的程度。

「等一下，直美。」

「我回去會告訴他『聽說你不具備當社長的資質喔』。」

「等……等一下啊。」

「還有！」

我打斷婆婆的話，緩緩抬起頭。不知何時激動得肩膀上下起伏的我，感覺好像變了一個人。

婆婆彷彿看到鬼似的一臉錯愕，低頭看我。

「我會嚴格要求他盡早去醫院。」

「……」

「非常感謝您擔心我先生的身體。」

故意用過去式說這句話，即使淚水順著臉頰滑下仍拚命微笑，視線緊盯著婆婆。

愕然的婆婆看起來比平常矮小了許多。

什麼嘛，她也沒什麼了不起。

我內心這麼嘀咕。

「呼……」

發出嘆氣聲，直接轉身離開玄關。
婆婆好像還慌張地想說什麼，我用後背擋掉那些話，反手拉上拉門。
走回蓋在同一塊地上的自己家。
自己也知道腳步踩得一點都不穩。
腦中有一半是一片空白。
走著走著，我不經意仰望天空。
剛才還那麼藍的天空，不知何時失去了顏色，變得一片灰濛濛的，看了好悲哀。
我的心直接暴露在外。
連沒有顏色的天空都滲得進去，隱隱作痛。
貝殼消失到哪去了？
雙手無力垂落身側，走到自家門口。
拉開玄關門，進入屋內。
正想和平常一樣，對著沒有其他人的家說「我回來了」時——忽然聞到烤麵包的香氣。

幸福的氣味……

這麼想的同時，身體內側緊繃的感情線噗滋一聲斷裂。

站在昏暗的玄關口，腳上還套著拖鞋的我哭得像個小女孩。

✦✦✦

傍晚，丈夫回來了。

和往常一樣一臉疲憊，說完「我回來了」就直接要進臥室，打算換上輕鬆的家居服。

那之後，婆婆沒有來我們家，也沒打電話來。

是覺得面對我太尷尬，還是氣到不想再跟我有瓜葛——原因我不清楚，也不想知道。不管怎麼說，我……至少今天不管怎樣我都想忽視婆婆。

過了一會兒，穿著棉質上衣長褲的丈夫來到客廳。

「哎呀，明明胃這麼痛，肚子還是會餓呢。」

他一邊這麼嘀咕，一邊在桌邊坐下。

「有今天剛出爐的麵包，要吃嗎？」
「直美自己烤的嗎？」
「對，我覺得很好吃喔。」
我小心注意著語氣，力求不讓對話顯得不自然。
「那可以用烤箱加熱給我吃嗎？」
「OK！」
想讓他品嚐吐司麵包Q彈的口感，我特地切了厚片吐司，放進烤箱。
「要塗奶油嗎？」
「要。」
現在我還不想把跟婆婆之間的事告訴他，怕他聽了胃會更痛。可是，老實說，內心暗自希望他注意到我哭腫的眼睛，像平常那樣笑我腫得像個土偶……
大約三分鐘後，吐司烤好了。
塗上厚厚的奶油，端到丈夫面前。
「那我享用嘍。」
咬下吐司一角，丈夫立刻睜圓了眼睛。

「嗯唔！這個真的超好吃的耶。」

「是不是？」

「有股淡淡的甜味——這Q彈的口感太厲害了。再烤一片給我好嗎？」

我點點頭，轉身正要走回去時，丈夫用忽然想起不重要事的口吻叫了我：

「啊、對了，直美。」

「嗯？」

「聽說妳們難得吵了架？」

「……」

彷彿有隻巨靈之手用力捏住我的食道，一時之間說不出話來。

「剛才她打電話到公司跟我說了。」

電話？

婆婆特地打電話去公司告訴丈夫——

「……」

我依然胸悶得說不出話，看著丈夫那張溫和的圓臉。於是，他一邊嚼著麵包一邊說：

「其實，我覺得沒什麼啊。」
「咦……」
「這種事偶爾發生也無所謂啦。」
看著若無其事的丈夫，我心中反而產生了小小的罪惡感。
我竟然對這個人的母親說了那麼失禮的話——
猶豫著該不該道歉時，丈夫先開了口。
「聽說妳拚了命地幫我說話？」
「咦……」
「執行董事說的，在電話裡。」
丈夫用「執行董事」稱呼婆婆，而不是說「媽」。
我默不吭聲，思考著這句話的意義。
「那個——謝謝妳。」
丈夫難為情地這麼說著，再咬一口烤得香酥的吐司，對我微笑。
「嗯，這麵包果然好吃。」
「要喝點什麼嗎？」

我盡可能選擇簡短的詞彙，語尾還是顫抖了。

「怎麼啦，別哭呀。」

「我沒哭啦。」

我故意裝出惱怒的表情，丈夫反而笑得眉尾下垂。

被他傳染，我也忍不住輕笑起來。

這時，他竟說出令我驚訝的話。

「我啊，想把公司收起來了。」

「咦──」

「工廠關掉不做了，妳覺得好不好？」

突然這麼問我也……

「啊、當然嘍，不管是員工還是我們家都必須生活，所以不是馬上就要這麼做。」

「……」

「我打算花一到兩年時間，一邊漸漸縮小公司規模，一邊盡可能為員工安排新的工作或出路──大概是這樣，希望能順利把公司收起來。」

「你是……認真的嗎？」

我總算擠得出話來回答。

「這種事能開玩笑嗎？」

丈夫苦笑著說。

「這麼說也是啦。」

「我是希望可以用所謂軟著陸的方式循序漸進完成這個任務。」

明明是那麼重大的事，丈夫的表情卻很平靜。

這麼說起來——我之所以想和這個人結婚，就是受到他這沉著穩重的個性吸引。我自己生性器量狹窄，從容又大度的丈夫和我正好相反。當時我心想，只要和他在一起，未來就算有點風風雨雨也沒問題。如果是他的話，一定能笑著不當一回事。

「工廠收掉之後，你打算怎麼辦？」

我這麼問，丈夫把剩下的麵包塞進嘴裡，有點害羞似的說：

「我也有我想做的事情呀。」

「咦？」

「哎，因為想說反正一定不會實現，至今從來沒跟誰說過就是了啦。」

說著，丈夫從棉褲口袋拿出什麼來。「這個還妳。」遞上來的，是早上他帶去公司看的星期三郵局那封信。

「這封信，寫得很不錯喔。」

「……」

「寫這封信那個叫洋輝的男人，很有熱情嘛。」

「是啊……」

我輕輕點頭。

「在死氣沉沉的公司裡讀了這封信，不知怎地，我終於下定了決心——總之，想說先回來跟直美商量一下。」

意想不到的發展，讓我的心遲遲無法「軟著陸」。

「保險起見我再確認一次，你不是在開我玩笑吧？」

「直美，妳也真固執耶。我怎麼可能開這種玩笑？」

丈夫再度苦笑。

「……」

「為了維持生活的現狀，我們一路走來經過了種種努力，也忍耐了很多事吧？」

「……」

「可是，我開始想，有必要為了維持那個『形狀』，做到這種地步嗎？」

我什麼都沒說，只是看著他。

「然後我就在想，也差不多是我們夫妻倆一起從頭來過的時候了，這麼做好像也可行啊。」

「從頭……」

「應該是說，嗯，轉換方向。」

「……」

「老實說，直美覺得怎麼樣？」

嚷著胃痛的丈夫，不但把吐司全部吃完了，表情還顯得神清氣爽，像是看開了什麼。

夫妻倆一起，從頭開始，轉換方向——是嗎？

「當然啦，這麼做也會有風險。」

「嗯……」

「可是就算繼續經營工廠，一樣躲不開風險啊。」

兒子們的臉閃過腦海。身為母親，唯有兒子們的未來，是我必須負起的責任。

接著閃過腦海的，是伊織和婆婆的臉。

剛出爐的麵包，帶來幸福的香氣。

洋輝先生那封充滿熱情的信。

燈塔的畫。

從那封信中吹來的，孕育著未來的清爽海風——

我緩緩吸入那陣風，轉換為簡短的話語說出口：

「那，沒辦法嘍。」

這麼說的時候，我察覺自己笑了起來。

「沒辦法？」

丈夫不解地歪著頭。

「嗯，沒辦法，我只好繼續兼差嘍。因為，如果要轉換方向，家裡能多一筆收入就多一筆收入比較好吧？」

「直美……」

「還有，去上麵包烘焙教室的事，也暫時延期吧。」

「為什麼？」

「像今天這樣自己上網找食譜跟著做已經很好玩了，也不是學不到東西。」

「那——」

「嗯？」

「真的可以嗎？朝把公司收起來的方向進行？」

丈夫用認真的眼神望向我。

「有什麼不行嗎？真要說的話，那甚至是爸爸和媽媽的公司。」

「嗯，說的也是。」

「你都已經努力到胃穿孔，今後可以過你自己想要的生活了。畢竟人生是自己的，不是為誰而活。」說著，我發現這根本是伊織對我說過的話，不由得對自己苦笑起來。「無論朝哪個方向轉換，我都會用我的方式支持你。」

丈夫默默地看了我好半晌。

至於我，正感受著那陣清爽的海風吹過心中。到了這把年紀，才真正體會什麼是把真心話說出口的暢快。

「總覺得，對妳過意不去……」

丈夫搔了搔頭，這麼喃喃低語。

「這種時候，說『謝謝』好像才是正確答案喔。」

「這樣啊。」

「嗯。」

「那就……嗯，謝謝妳。」

「我才要謝謝你。」

我們突然害臊起來，對彼此露出羞赧的笑容。

「所以就叫妳別哭了。」

說著，丈夫加深了臉上的笑意。

「不是說了嗎，我才沒有哭。」

我堅持到底，擦掉眼角的淚水笑了。

「等一下又要變成土偶了喔。是說，剛才妳就已經像個土偶了。」

什麼嘛，原來你有發現——這麼一想，丈夫調侃的語氣聽起來似乎比平常開心。

「我說你啊，這是對一個為了支持丈夫的夢想繼續兼差的堅強妻子該說的話嗎？會不會太過分了？」

「夫妻之間就是要實話實說嘛。」

「哇，更過分了。」

「啊哈哈哈。」

看到丈夫笑得這麼開心，我想起最重要的事。

「對了，你把工廠收起來之後想做的是什麼？」

「喔，那個啊……」

「嗯，這很重要。」

「其實我——」

丈夫又搔了搔頭。
「我從以前就一直嚮往當個咖啡店老闆呢。」
「咦……這或許還真有點出乎意料。」
可是，試著想像丈夫圍上圍裙，站在咖啡廳吧檯後的樣子，總覺得比穿著工作服在工廠裡工作的他，表情更加溫柔沉穩。
「我大學時，曾騎機車到一個沒什麼人會去的海角，那裡有間咖啡店，氛圍實在太好了，到現在還難以忘懷。」
「是喔，我沒去過。」
「下次我們開車去吧。」
「好耶。」
我點點頭。接著心想，如果丈夫開了咖啡店，那我說不定能在店裡賣自己烤的麵包。
我覺得這個點子很棒。
可是，在把這個點子告訴他之前——誰教他剛才要一直笑我眼睛腫得像土偶，我決定回敬一番，故意用促狹的語氣說：
「可是啊，聽說經營咖啡店沒那麼簡單喔，你可以嗎？」
「要這樣說的話，開麵包店也不容易吧？」
他反駁得太有道理，我忍不住笑出來。
「啊哈哈，的確。」
無論做哪種生意，都不可能光憑一時興起就成功。即使如此，只要我們夫妻團結一心，像至今一樣共同打拚，說不定——
「啊、對了，我知道人生成功的三個訣竅喔。」
「咦，那是什麼？」
「你想知道？」
我歪了歪頭，內心吹過那陣高級的風。
「嗯，算是吧……」
丈夫表情有點疑惑。
「我看看喔——」

拿起放在桌角的手機，打開相簿，找出從伊織行事曆手冊裡拍下的那張寫了格言的頁面照片。

「啊、有了，你看，就是這個。」

丈夫好奇地探身過來看。

「這樣啊。」

「這可是現在也正享受著成功果實的人說的話喔。」

「是喔，這張照片，也可以傳給我嗎？」

他說得一臉認真。

「可以是可以，很貴喔。」

我也裝出認真的表情。

「啊哈哈，OK啊，多少錢我都付。」

「多少錢都付嗎？」

「當然，可是要等我出人頭地。」

我忍不住噗哧一笑。

「咖啡店老闆也會出人頭地嗎？」

「當然會吧？一開始是普通的老闆，最後進化為宇宙超級無敵的老闆。」

「什麼啊，那不叫出人頭地，根本是演化吧？」

「那我就是寶可夢大師了。」

無聊的對話和笑聲在客廳裡迴盪。

「直美啊，這三條成功秘訣，妳是從哪找來的？」

「這個呢——」

「嗯。」

「是我高中時——」

認識的人——

正想這麼說時，又閉上嘴巴。

接著，改口說：

「感情很好的朋友告訴我的喔。」

「是喔，網球社的嗎？」

「對，她叫伊織，是我的同班同學，個性很溫柔，有顆亮晶晶的心——」說出這句話時，我覺得像是拿掉心裡那個很大的疙瘩，似乎能比過去多喜歡自己一些了。

啊，這或許也是「背後那陣風」推了我一把的效果。

這麼想著，把高中時代的事告訴丈夫。

經常和母親一起烤麵包，出爐之後帶去學校，在頂樓和伊織她們一起吃的事。還有，我也告訴他，這是我非常幸福的回憶。

說著，我望向丈夫出神。

和這個人——從頭來過。

轉換人生的方向。

踏上可能有風險的路。

或者，即使嘴上說得這麼好聽，最後還是害怕得踏不出去，終究選擇維持原樣生活。

不知怎地，我覺得怎樣都無所謂了。

不管選擇哪條路，一定都是正確答案。

重要的不是選擇哪條路，而是我們在這條路上感受到什麼，如何活下去——還有，和誰一起走這條路。

「其實啊，我一直都有在網路上搜尋、學習咖啡豆的種類和進口咖啡豆的知識呢——」

語氣帶著一絲難為情，丈夫熱切地談起他的「夢想」。

帶著有點欣慰的心情凝視著他，我腦中某個角落思考著另一件事。

下個星期三，寫信給伊織吧。

除了好好寫一封道歉信外，也想把我使用了星期三郵局服務的事，以及久違地烤了麵包的事告訴她。最後，如果她願意原諒我的話，我想問她能不能再像高中時那樣，一起吃我烤的麵包。

還想跟她說小百合找我去同學會的事，希望伊織也能一起去。到時候，我會做自己經濟能力範圍內最時髦的打扮。當然，還要戴上伊織送我的手鍊。

如此決定時，不經意瞥見放在桌上的信封。沒想到這封星期三的信連丈夫的人生都改變了。今後，這封信一定也將為我們夫妻指引人生的航路——那座小小的燈塔，會持續點亮的吧。

「是說，喂、直美，我說的話妳有在聽嗎？」

耳邊傳來丈夫的聲音。

「咦？當然有在聽啊。」

「那妳哭什麼？我又沒講什麼好哭的話。」

丈夫無奈地苦笑，從桌上抽起兩張面紙。

「就說我沒哭了嘛。」

說著「拿去」，丈夫把那兩張面紙遞給又哭又笑的我。笑得一臉不懷好意：

「我很期待明天喔。」

「欸，為什麼？」

拿面紙按壓眼角，我這麼問。

「因為啊。」

「嗯……」

「可以看到進化後的土偶臉了啊。」

「吼！」

我用揉成一團的面紙丟他。

邊哭邊笑，心情豁然開朗。

5章　今井洋輝的遺書

朦朧的滿月，浮現五月的夜空。

悠哉地泡在常去的豪華大眾澡堂露天溫泉池，望著天上的月亮，發出短短的嘆息。

「呼……」

把擦手巾頂在頭上的小沼看著我說：

「今井，你是不是瘦了點？」

「好一陣子沒站上體重計了……不過，可能真的有瘦，皮帶的洞得往裡移動一格。」

「我想也是，下巴都變尖了啊。」

「這是在稱讚我嗎？」

「沒有喔，一半是在損你。」

小沼半開玩笑地這麼說。

「你這傢伙。不過，老實說，我最近有點太忙，或許真的累到了。」

「是吧。害你這麼忙的我說這種話好像也有點那個，但是，這次的工作真的多虧今井畫得這麼快，幫了我大忙。」

我才該感謝他讓我有工作做……

一邊這麼想，我一邊苦笑著說「總之，能在最後一刻趕上交稿真是太好了」。

前幾天——小沼一口氣委託我畫二十張插畫。因為時間很趕，只能熬夜趕工，真的是在截稿死線前的今天早上才交了稿。

人生說來也很不可思議。

原本那麼羨慕又嫉妒當自由插畫家的小沼，結果現在他重拾上班族的身分，進了一間編輯工作室工作，我反而辭職做起自由插畫家，從他手中接案。

「不好意思，稿費不高。」

小沼搔了搔太陽穴這麼說。

「沒關係啦，只要再趕快介紹更好的工作給我就好。」

這次，輪到我半開玩笑這麼說了。

「啊哈哈，OK。說點認真的，下下個月我們公司應該能拿到新的案子，為一間上市上櫃企業製作宣傳情報誌。這件事要是確定下來，就能發稿費更好的工作給你了。」

自從不再當個生活困苦的自由接案者後，小沼的身材愈來愈圓潤。這時，他敲著我的肩膀輕聲笑著說「到時候再拜託你了」。

「OK。不過，拜託別再這麼趕了喔。」

「別擔心，插畫家的工作大多都是這麼趕的。」

小沼露出惡作劇的表情這麼說。曾經那麼享受自由接案生活，才華洋溢的他，兩個月後即將結婚，五個月後就要為人父了。建立家庭這件事，使小沼多了一份責任感，他選擇從「自由」轉換為「穩定」。

這份心情，我感同身受。

「結果還是要趕喔？」

「啊哈哈，我會盡可能早點發案的。」

「這樣的話，就儘管發給我吧。」

「我是說盡可能，好嗎。不過，自由接案的人最怕青黃不接，可別只從我這裡接案，也要能從各種地方拿到工作才行喔。」

曾是自由工作者的小沼擺出前輩的態度，我知道這句話背後有多少經驗累積，坦然地點頭接受了。

「嗯嗯，我會的。」

「要當個自由工作者很簡單，難的是持續靠這行養活自己。」

「我明白。畢竟我可是見證過你的苦日子。」

「啊哈哈，明白就好。」

小沼一副被我說服了的樣子，整個肩膀都泡進熱水裡，心滿意足地「呼～」了一聲。接著，抬頭仰望月亮，十分感慨地說：

「話說回來，沒想到今井真的會從那間公司辭職呢。」

「別忘了原因有一半是小沼你喔。」

我苦笑回應。

「哎、話是這樣說沒錯。」

「再說，我辭職都已經是半年前的事了，你怎麼現在才在感慨？」

「欸？已經半年了喔？」

「對啊。」

九個月前──

我向當時任職的公司申請育嬰假，而且一次就是申請整整一年，休好休滿。

當然，在做出這個決定前，我早已做好被四周反對的心理準備。一如預料，上司和公司高層都追問了許多次「為什麼是身為男人的你休育嬰假？」最傷腦筋的是，連客戶都表達了不悅與不滿。即使如此，我仍貫徹初衷，堅持到底，工作交接也做得毫不馬虎。就這樣，在半強迫的狀況下休起長達一年的育嬰假。

老實說，在這一年限定的「假期」中，我有個無論如何都想達成的目標。除了珍惜和成為妻子的小柿及剛出生的兒子洋太相處的時間，我也想利用這段日子完成一本繪本。

和妻子一起體會初次育兒的滋味，同時認真挑戰夢想中的工作。我想讓這一年成為這樣的一年。

懷孕時，小柿對我說：

「人一輩子頂多活八十年，小洋把其中的一年用來認真面對自己的夢想，作為人生中一決勝負的時期，我覺得也無妨啊。」

先當一個自由接案的插畫家，之後再成為繪本作家。這是我一直以來的夢想，小柿也知道。

當時，小柿還摸著鼓起的肚子，用有點開玩笑的語氣說：

「要是小洋為了我和這孩子放棄追求夢想——我們反而會有罪惡感，那未免太痛苦了吧。」

聽了這句話，我堅定心意。也下定決心，要在育嬰假的這一年中分出勝負。

就在這時，決定和女友步入婚姻的小沼放棄自由接案的人生。在編輯工作室就職的他，碰巧需要找一個擅長線條畫的插畫家。小沼得知我休起長期育嬰假，就來問我是否能接下這個案子，「雖然稿費不高，你願意畫畫看嗎？」不只如此，他還一臉認真地說：「可以的話，我以後還想固定發案給你，如果是你，一定能成為自由接案的插畫家。」

就我看來，小沼比我有才華，由這樣的他發插畫工作給我感覺很奇妙。然而另一方面，對一心夢想成為自由接案插畫家的我來說，某種意義而言，他的提議真是一場及時雨。

在小柿的支持下，我申請到育嬰假，又在同一時期得到小沼介紹的工作。這肯定是神明給我的機會——我朝對自己有利的方向解釋，以專業人士的身分接下小沼的委託。同時，趁著這個機會辭去公司的工作。

就這樣，因為擁有家庭而產生了責任感，決定重新當個上班族的小沼，和因為擁有家庭，受到家人鼓勵而決定投入自由工作的我之間，取得了意想不到的供需平衡。

老實說，雖然好不容易實現夢想，當上自由接案的插畫家，我卻未能沉浸在喜悅之中。因為這半年來，一邊照顧剛出生的洋太，一邊被插畫截稿日追著跑，我每天都過著焦頭爛額的生活。

不只如此，「下個月能賺到足夠的收入嗎？」「再下個月的生活沒問題嗎？」每當我一思考起這些，胃裡就像有一團黑色不安的霧靄盤旋。當客戶毫無意義地要求我重畫或修正時，沉重的壓力也讓我喘不過氣。

嚴重的時候，因為客戶任性的要求，我曾整整三天只睡四小時。工作得這麼辛苦，稿酬卻低得教人難以置信。

果然應該繼續當上班族才對嗎……

光是這半年來，就不知道這麼後悔了幾次。

還在當上班族的時候完全想像不到，原來夢想從實現的那一瞬間起就不再是甜美的點心，反而會帶來沉重的「專業責任」，化成不斷逼迫我前進的壓力。

「我問你，小沼。」

「嗯？」

「編輯工作……有趣嗎？」

儘管擔心這個問題聽起來像在挖苦人，我還是基於好奇問出口了。

「嗯唔──是很辛苦，但滿有趣的喔。這份工作的樂趣在於製作出好東西，和畫插畫時一樣。」

「這樣啊。」

「今井呢？當一個插畫家雖然有趣，但也有辛苦的地方吧？」

「的確……應該老實說……比我想像中的還辛苦許多。」

我不由得說出了真心話。

「啊哈哈，現在你應該明白我常說的『有利有弊』是什麼意思了吧？」

「嗯，知道了。」

正確來說，我每天都痛切地體會著這一點。

「真的是有利有弊啊——」
小沼像是對著月亮這麼說似的，雙手朝夜空高舉。
「差不多該起身嘍。」
「咦？小沼平常都泡很久的，今天這麼快就要起身啦？」
「其實我得趕快回去確認打樣才行。」
「欸？現在？」
「嗯。很久沒跟今井你一起慶功了，我也很想留下來，但是抱歉啊。」
「沒關係啦，我也有很多事得回去做。」
我們一起從露天溫泉池裡起身。
五月夜風吹過，吹涼了泡得發熱的身體。
不經意抬頭，看見淡淡雲朵遮住了滿月。
小沼先出去，走向露天溫泉出口。我也跟上前。
看著比從前發福不少的好友背影，我心想，這就是快要走入婚姻的男人「穩定與幸福的證據」。
低頭看自己的肋骨，輕輕嘆了一口氣。

有利有弊，我懂。

可是，別人院子裡的草地總是比較綠。

✦✦✦

離開豪華大眾澡堂，和小沼道別，我一邊享受泡澡後的夜風，一邊回到租住的公寓家中。

「我回來了。」

說著，在玄關脫下鞋子，走進客廳。這時，小柿把食指豎在嘴唇前看我。

「噓——」

她似乎剛把洋太哄睡。

我無聲地點頭，右手比個「OK」手勢，躡手躡腳地走進隔壁燈光調暗的寢室。

朝木製嬰兒床內窺看，洋太睡得正香甜。

鼓鼓的粉紅臉頰，蓬鬆的頭髮，小小的身體，每個部位都小小的……

兒子的睡臉太可愛了，我情不自禁想抱起他，最後還是忍住了。小柿好不容易才哄他睡著，得讓她喘口氣才行。

懷著依依不捨的心情走出寢室，輕輕關上拉門。

「小沼先生最近好嗎？」

洗過澡，把頭髮盤起來的小柿從廚房裡小聲問。

「嗯，那傢伙還是一樣喔。他是那種不管在哪做什麼都能樂在其中的人。」

我也壓低聲音回答。

「呵呵，確實，他看起來就是那種類型的人。」

「對吧？」

「我要來沖咖啡喔。」

「啊、那我也要喝。」

「OK。」

小柿在廚房裡燒起水來。

值得感恩的是，小柿產後還可以繼續回「昭和堂」咖啡廳工作，和以前一樣當領薪水的店長。不只如此，店和我們家只有走路五分鐘的距離，白天我自己在家照顧洋太時，萬一有什麼問題，小柿隨時都能回來幫忙。就這層意義來說，我和小柿都過得比較安心。

實際做了之後才發現，無論是當「爸爸」或當「家庭主夫」，我好像都不以為苦。當然，第一次育兒有許多不懂的事，也經常忙得焦頭爛額，即使如此，如果問我討不討厭這個身分？我可以很有自信地回答「還滿喜歡的」。

傍晚，小柿下班回來後，誰有空誰就做家事或照顧洋太。我們刻意不嚴格規定分工，當下誰能做就去做。因為夫妻倆都是隨性的人，這種方式比較適合我們。

最近，我們有個信念——

「即使身著襤褸，內心也能華美似錦。」

話雖如此，我還是希望能盡快擺脫對金錢的不安。可是，老實說，成為自由工作者才半年，今後會怎樣還很難說……

廚房裡傳出「嗶——」的聲音。

瓦斯爐上的水燒開了。

小柿迅速關火問我：

「深焙豆可以嗎？」
「嗯，不錯耶。」
很快地，小柿開始用專業的手法沖起咖啡。
我從客廳裡看她沖咖啡的樣子。
一股馥郁香氣在屋內飄散開來。
結婚都三年了，直到現在我仍會有以手托腮，心想「啊、我和這個女人結婚了……」的瞬間。
很快地，香氣撲鼻的咖啡端上桌來。
「謝啦。」
「嗯。」
我們喝著帶有清爽苦味的咖啡，小聲閒聊些無關緊要的小事。為了不吵醒洋太，最近連電視也不開，聊天反而聊得更起勁。
客廳小小的邊桌上，裝飾著婚禮、蜜月旅行和洋太出生時的照片。再往上的白色牆面也用圖釘釘上了好幾張以洋太為主的家庭照。這些照片幾乎都是小柿拍的，每一張都散發著溫柔的光，拍得很棒。

我在這些照片裡發現一張之前沒看過的，正想問她這張照片的事，小柿就先開口了：

「小洋，你最近是不是瘦了？」

「可能喔，剛才小沼也問了我一樣的事。」

「因為你一直都好忙嘛……」

「自由接案的人有得忙才幸福，以前小沼也常這麼說。」

「話是這麼說沒錯，凡事也該有個限度。」

「是啦。不過，現在才剛自由接案第一年，在某種程度穩定下來之前，還是得拚命努力才行。」

「小沼先生委託的那二十張插畫，已經畫完了吧？」

「嗯，畫到今天早上，總算是畫完了。」

「那今天晚上能好好睡一覺嘍？」

拿著簡單的白色馬克杯，小柿輕輕歪了歪頭，一臉擔心地看著我。

「要睡也是可以——」

「繪本的事嗎？」

「嗯。」

我只要一有空閒時間，就會盡量拿起筆，一心想快點完成繪本的草稿。

「這樣啊。昨晚已經熬夜沒睡了，今天就不要太勉強喔。」

「我知道，會有所節制的。」

即使這麼點頭，內心想的卻是「現在就算勉強一點也無妨」。實在太希望能盡早把技巧提升到出得了繪本的程度，讓家裡的經濟穩定下來。不然，不但小柿會對將來的生活感到不安，膽小的我搞不好還會先被不安壓垮。

想起畫到一半的繪本，我喝一口咖啡。苦味不刺激，喝起來很溫和。

「現在畫的繪本，是怎樣的內容？」

「嗯……簡單來說，就是住在不可思議森林裡的動物小孩大顯身手的冒險故事。」

「是喔，聽起來好可愛。草稿畫好要給我看喔。」

「好啊。」

我點點頭。

我想把這本繪本取名為《小熊東東》。在長滿色彩繽紛蕈菇的「蕈菇森林」裡，小熊東東和夥伴們展開一場歡樂又感動的冒險——本該是如此的……

「可是啊，我腦中雖然能想像出各種可愛的角色，卻無法順利想出有趣的故事情節，不管怎樣都會拖得太冗長……」

「要在簡短的文章裡完成起承轉合，好像不容易呢。」

「是啊。所以，現在的課題就是盡可能完成一個簡單的故事。」

「這樣啊。不過，嗯、一定沒問題的，小洋絕對辦得到喔。」

靜靜地說著，小柿笑得瞇起眼睛。

只要小柿一微笑，餐桌上的氣氛總是會變得輕鬆又樂觀。如果沒有這樣的氣氛，我說不定無法繼續當一個自由接案者。總覺得，小柿豁達的性格真的幫了我很多。

「總之，我也會用自己的方式努力的。」

「嗯。」

「草稿畫好之後，小沼會介紹編輯給我認識。」

「各方面都承蒙小沼前輩許多照顧呢。」

小柿開玩笑地這麼說，接著打了個呵欠。我被她感染，也跟著打了個呵欠。這陣子始終睡眠不足的我倆相視而笑。
喝完咖啡，小柿說「那我差不多該睡了」，把空杯拿到流理台。
「OK，我再畫一下下就去睡。」
「嗯。」
小柿點點頭，走進盥洗室。
我先深呼吸一下，凝視牆上的那些照片。
剛才忘了問小柿的那張新照片，拍的是我躺在地上，洋太趴在我胸口。這張照片拍的真好。在淡淡奶油色的光線下，我和洋太微笑望著彼此。
話說回來，這張照片是什麼時候拍的啊？我剛剛就是想問她這個。
洋太出生後，小柿拍照的方式明顯有了改變。原本小柿拍照時，在決定拍攝對象後，會先仔細思考構圖，思考曝光度和快門速度、鏡頭種類等細節，經過縝密安排之後才拍下照片。最近正好相反，她總在某個瞬間看似不經意地按下快門。或許因為如此，拍出的表情都非常自然。
盥洗室傳出吹風機的聲音。
我也得有所成長才行——

好！

在心裡給自己打氣，又忍不住打了一個呵欠。

✦✦✦

對方指定的咖啡廳，位於舊書店街的後巷。

我一個人坐在靠窗的位子，翻開文庫本邊看邊等編輯。

瞥一眼手錶，已經比約定好的兩點超過三分鐘了。

窗外下著溫吞的毛毛雨，大樓牆面和柏油路面都蒙上一層水光。

細細的雨滴，被風吹得打橫飄過。

這樣撐傘好像也沒意義了——

正當我這麼想時，一個撐著藍色雨傘的女人快步走過窗外。

哐啷、哐啷。

店門上的鈴鐺發出聲響，推門進來的正是那個撐著藍色雨傘的女人。

東張西望環顧狹窄店內的她，胸前抱著一個灰色信封袋。一如先前電子郵件裡提及的，信封袋上印著出版社的名稱。

我立刻從椅子上起身。

和女人四目相接，彼此輕輕點頭致意。

「不好意思，上一個會議開得超過了一點時間。」

眉角下垂，她站在我面前這麼說。

穿著合身牛仔褲和橘色T恤，一頭染成茶色的短鮑伯頭，戴著大得有些不成比例的玳瑁框眼鏡。她看起來像個女大學生，其實年紀至少大我十歲，大概四十五歲左右吧。

「不、不要緊，我也剛到。」

簡短寒暄後，彼此說著「初次見面，您好」，交換了名片。

她是以專門出版繪本和童書知名的出版社「宮下書房」的編輯，夏川理惠小姐。我收到的黃色名片上，畫著代表公司的長頸鹿圖案。

夏川小姐說「坐吧」，我便坐了下來。

向前來點餐的服務生點了兩杯冰咖啡後，夏川小姐說「那麼事不宜遲——」從印了公司名稱的信封袋裡抽出幾十張紙，放在小小的桌面上攤開。

那是我畫的繪本草稿影本。

「我聽小沼先生說是草稿，沒想到畫得這麼正式呢。」

事實上，我上星期才終於完成草稿寄給夏川小姐。為我們牽線介紹的人，當然是小沼。

「啊、是。這是我第一次畫繪本草稿，不確定該畫到哪個程度，不小心就……」

雙手放在腿上，我也知道自己無謂地挺直了背脊。都一把年紀了，還像個接受面試的年輕人一樣緊張。

趁夏川小姐沒注意，悄悄地深呼吸。

「您是第一次畫繪本？」

「是。」

「喔，這樣啊。我聽小沼先生說，今井先生是畫功很好的人……」

夏川小姐說話的語氣忽然沒剛才那麼拘謹了。現在的我們一方是評論者，一方是接受評論的人。一方是資深編輯，一方是繪本菜鳥——總覺得彼此的地位就這樣分出了高低，我的背脊挺得更直了。

「你的畫確實很有味道，我挺喜歡這種畫風的。」

「謝謝您。」

「只不過——」

「……」

「故事內容這樣真的沒問題嗎？」

「您、您的意思是……」

「呃、雖然是初次見面，就恕我直說了。」

「好的。」

「這個故事好像……有點老套？或者說，內容太空泛？」

用了疑問句表達的夏川小姐，正面迎上我的視線。我不知該如何回答才好，只能喪氣地發出「啊……」的聲音。

「好像在哪看過類似的故事……也就是有一種既視感。」

「是這樣嗎……」

「嗯。你是不是有參考了哪本繪本？」

「啊、呃……其實我從小就很喜歡一本繪本。」

「嗯。」

「書名已經忘了，內容是說在總是看得到彩虹的『彩虹森林』裡，像熊貓一樣有著黑白花色的兔子展開冒險的故事。」

「喔，我知道那本，是咪咪奇對吧？」

「啊、沒錯，就是那本。」

「原來如此……你參考了那本繪本呀。」

「是……」

「今井先生的故事裡缺了什麼——我好像有點理解了。包括這點在內，接下來請讓我一一指出問題喔。」

夏川小姐用充滿自信的眼神看我。

「呃、好的，請多多指教了。」

「簡單來說，我想先問今井先生，你希望自己畫的這本繪本給什麼樣的人看，用什麼樣的心情看呢？也就是說，您想傳達的訊息是什麼呢？這本繪本裡，目前看不到這種『訊息』，所以故事才無法從內而外散發光芒。」

「喔……」

「舉例來說，像這種地方就最好改一下。」

夏川小姐翻開封面。

露出底下用紅筆寫得密密麻麻的草稿。

這裡也不行，那裡也不行。

這裡要整段拿掉。

相反的，這裡要再追加一些情節進去。

這段文字太冗長。

這張圖要和這張圖對調。

這裡的文字寫得無法讓小孩子一看就懂，需要重寫。

不管怎麼翻頁，每一張草稿上都被改得一片滿江紅。有時雖然也寫上稱讚的話，但被誇獎的只有畫的部分——換句話說，故事情節被嫌棄得一文不值。

老實說，這份草稿也是我認真思考，經歷一番苦惱才生出來的東西，而且自己還挺有自信的。正因如此，夏川小姐口中說出的每一句嚴厲評語，都像尖刺一樣插入我心中。那些以紅字寫成的註記，更彷彿從作品的每個角落驗證了我的沒有才華。

我已經快搞不清楚現在是在開會討論、接受指導還是被狠狠批評了——

「久等了，這是兩位的咖啡。」

服務生將杯子放在紙張與紙張之間的空隙就走了。

夏川小姐這才閉上嘴巴。

我鬆了一口氣，情不自禁發出「呼」的嘆息。

看到這樣的我，夏川小姐挑了挑眉，微微苦笑：

「啊、我得先把話說清楚。」

「咦？啊、是。」

「如果是連想修改都無從下手的作品，我可不會像這樣拿紅筆註記得這麼仔細，也不會特地抽空碰面討論喔。」

「欸？」

「無可救藥的作品，當場就會被丟進垃圾桶了。」

說著，夏川小姐露出促狹的笑容。接著，她在冰咖啡裡加入奶精和糖漿，用吸管攪拌。

「那麼……呃……我的作品——」

「就現狀而言，還不到能出版的水準，可是也不是完全沒有希望，大概是這樣吧。」

我忍住嘆氣，暗自心想「真的是個有話直說的人呢」。夏川小姐喝了一口攪拌好的咖啡，又盯著我說：

「我啊，認為說些溫柔的謊言讓對方抱持無謂的期待，反而是一種失禮的行為。所以，我全部都會實話實說。」

「好的……」

「今井先生聽了我的意見，如果覺得哪裡說錯，也請直說無妨。這樣最後才能做出好書。」

「好書……」

「是的。既然要做，就得做出最棒的書才行。」

「是……」

「這麼做不是為了作者，更不是為了編輯。」

「……」

「一切都是為了書——我們繼續吧。」

為了……書？

「不是為了讀者嗎？」

我這麼問，夏川小姐堅定地點頭說：

「只要做出最棒的書，自然對讀者來說就是好事了吧？相反的，如果沒做出最棒的書，對讀者難道就不失禮嗎？」

原來如此。

「您說的確實有道理。」

這麼回答，我用力點頭。

無數的尖刺插在心上，胸口還在隱隱作痛，但這一瞬間，感覺挺直的背脊似乎打通了什麼。

一切都是為了書——

我喝下一口冰咖啡，像是算準這一刻似的，夏川小姐說「那我們繼續看下一頁——」翻開下一張草稿。接著，那些指出我問題的尖刺再度被一陣狂風暴雨吹入心中。

✦ ✦ ✦

走在毛毛雨裡，我沒有撐傘，回到家時，濕透的衣服都黏在身上了。

「啊、你回來啦？」

坐在客廳椅子上的小柿轉過頭來，看來正在安撫鬧脾氣的洋太。

「跟編輯討論得怎麼樣？」

「嗯唔……」我歪著頭，坐在小柿對面的椅子上。把夏川小姐用紅筆寫滿註記的草稿攤在桌上，苦笑著說「大概像這樣」。

「嗚哇……滿江紅耶。」

「很慘吧？」

不知道是不是也感應到我有多慘，小柿懷抱中的洋太手腳舞動起來。

「好好好，沒關係、沒關係。」

小柿輕拍洋太的背，嘴上這麼說。總覺得，這話好像是在對我說的。沒關係、沒關係。

「這些全部都要修正嗎？」

小柿抬起頭問。

「不，要是所有紅字的地方都改掉，不就變成跟原本完全不一樣的故事了嗎——應該說，這個故事原本就漏洞百出啦。」

話雖如此，總不可能不修改就交稿給夏川小姐。

「所以，嗯……這個故事應該是不能用了。」

「這樣啊，你畫得那麼認真說……」

小柿發出類似嘆息的聲音，低頭看斜抱在懷中的洋太。

拍、拍、拍……

輕拍小小背部的節奏，好像漸漸放慢了。

「啊、不過——」我刻意用振奮的語氣說：「編輯也說，不是完全沒希望啦。」

「咦？」

「編輯不是都很忙嗎？所以，如果是完全不能用的作品，連拿紅筆修改的餘地都沒有。」

小柿眼中散發一絲希望之光。

「咦，那意思是說——」
「總之，值得一試——或許啦。」
「或許而已嗎？」
「是啊。只能說不是完全沒有希望，頂多是這種水準的東西。」
從夏川小姐那狂風暴雨般的指正看來，我也知道自己的水準頂多就到這裡。
洋太慢慢安靜下來了。
即使如此，小柿仍以一定節奏輕拍他的背。
「小洋，你還好吧？」
「欸？」
「是不是有點沮喪？」
「啊哈哈，妳問得還真直接。」
與其說沮喪，被無數尖刺插入的心還隱隱作痛——說得更正確一點，我應該是快失去自信了。
「咖啡。」
「嗯？」

「我沖杯咖啡給你吧？」

小柿微微一笑，像在鼓勵我。

「啊、嗯，麻煩妳了。」

現在，比起安慰的話，一杯美味的咖啡似乎更能撫慰我的心。

我從站起身來的小柿手中接過洋太，以同樣的節奏輕拍他的背。一開始還有點鬧脾氣的洋太，含了奶嘴之後好像睏了，愈來愈安分。

過了一會兒，廚房裡飄出芬芳的香氣。

為了避免刺激洋太，我壓低聲音：

「對了，編輯還這麼說——」

「欸，說什麼？」

仔細注入熱水萃取咖啡的小柿，低頭看著手邊回答。

「她問我，希望怎樣的人用什麼方式讀我畫的繪本。還說，或許因為我的作品裡沒有這種『訊息』，所以故事無法從內而外發光。」

「希望怎樣的人用什麼方式讀嗎……」

小柿依然注視著手邊，重複我說的話。

「對，可是我就在想，希望什麼人看……？繪本的讀者當然是小朋友啊，不是嗎？」

我略帶微詞這麼一說，小柿忽然露出靈光乍現的表情。

「啊、既然這樣，要不要為未來的洋太而畫呢？」

「咦……」

我低頭望向懷抱裡小小的溫暖身軀。

原來如此，這倒是盲點。

「未來的洋太要是知道這是爸爸特地為自己畫的繪本，一定會感到很幸福喔。」

「這……好像不錯耶。」

「是不是？」

小柿一如往常地笑著，再次朝咖啡粉注入熱水。

鬆了一口氣的我，繼續思考。

然後，想出了一個好點子。

「希望怎樣的人，用什麼方式讀我的繪本——我現在好像已經找到這兩個問題的答案了。」

小柿一邊專注萃取咖啡，一邊問：「是怎樣的？」

「我想讓未來的洋太讀來自爸爸的『遺書』——妳覺得這想法如何？」

「遺書？」

停止注入熱水的動作，小柿抬起頭。

「對、遺書。」我嘻嘻一笑，繼續說：「當然，我可完全還沒打算去死喔。只是，比方說萬一我意外身亡，仍能透過繪本告訴洋太什麼是『幸福的本質』，那不是太好了嗎？把爸爸最想傳達給洋太的事畫在繪本裡，我想畫的就是這樣的繪本。」

「這樣啊，所以才說是遺書嗎——」

「把我透過繪本傳達的『訊息』牢牢記在心中的洋太，之後也能踏上幸福的人生。是這樣的繪本。」

「好像很棒耶。等到將來洋太自己也有了小孩，還可以讓那孩子也讀這本繪本……」

「是啊，如果能這樣就再好不過了。」

如果真能畫出這樣的作品，除了洋太和孫子之外，這本繪本一定也會留在其他許多孩子的心中。

「嗯，這絕對是個好主意。」

小柿用力點頭，微笑著說「那就拍板定案嘍」，再次沖起咖啡。

廚房裡飄出咖啡香。

我深吸一口那馥郁的香氣。

如此一來，總覺得直到剛才還插在心上的無數棘刺，好像消失了一半。

我的繪本是遺書——

想起毫不留情的夏川小姐的臉，老實說，現在我也還沒有自信。可是，看到繪本該走的方向，現在我心中正不斷湧現創作欲，這點毋庸置疑。

再次低頭望向洋太。

懷抱裡這小小的未來讀者緩緩閉上眼睛，吸著奶嘴，似乎正朝夢境出發。

✦ ✦ ✦

小柿和洋太睡著後，我一個人在安靜的客廳裡，把空白的影印紙放在桌上，打算重畫繪本草稿。

滴、答、滴、答……牆上的時鐘強調著夜有多深。

不管怎麼說，得先把故事的大綱設定出來。

轉動手上的自動鉛筆，我盯著半空，腦中展開各種想像。

留給洋太的遺書。

描繪的主題是「幸福的本質」。

要是可以的話，盡量畫出連三歲幼童也能看懂的情節。

出現在繪本中的角色都得是可愛的、容易親近的，必須深受小朋友喜愛。

默默思考時，隔壁傳來微弱的聲音。

是洋太。

我家的格局是兩房兩廳，臥室就在客廳隔壁，中間只以拉門隔開。我輕輕拉開拉門，走向黑暗中的嬰兒床。一察覺我走過來，洋太再次發出聲音。

我輕輕抱起洋太，立刻走出寢室，不發出聲音地關上拉門。

「呼，好乖好乖。」

小柿才剛餵完洋太喝奶，我想讓她再睡一下。

洋太出生至今，為了餵奶，小柿持續過著睡不到三小時就要起來的生活。睡在一旁的我也一直都處於睡眠不足的狀態。

「怎麼啦洋太？怎麼醒過來啦？」

我悄聲對洋太說話，他發出「啊唔啊唔」的聲音，好像在回應我一般。

「這樣啊，所以，洋太是想跟爸爸講話，才把爸爸叫過來的嗎？」

說著，我把背巾斜掛在肩上，讓洋太躺進去。背巾很好用，這樣抱比較不容易累。

「爸爸啊，正在畫給洋太的繪本喔。是說，連故事大綱都還沒寫好就是了。」

隔著背巾，我溫柔輕拍洋太的背。

「啊唔啊唔」回應的洋太身上，飄著一股甜甜的母乳香。

我像推動搖籃一樣，輕輕搖晃背巾。

「我說洋太啊，爸爸真的能順利出版繪本嗎？」

不經意這麼問的剎那，洋太忽然用那雙閃亮無邪的眼眸緊盯著我，然後咧嘴一笑。

瞬間，我內心緊緊揪起來。

「這樣啊，這是爸爸要送洋太的禮物嘛，只要努力去畫，一定能出版的。」

搖著背巾，我「呼」地大嘆了一口氣。要是不這麼做，一定難以克制用臉頰摩挲洋太臉頰的衝動。

沒想到自己會這麼喜歡小孩——老實說，過去的我完全無法想像。我原本連怎麼跟小孩相處都不知道，真要說的話，是不擅長應付小孩的那種人。

「洋太，謝謝你來做爸爸和媽媽的孩子，真的很感謝你。」

說著，輕撫洋太的額頭，一股無以名狀的情緒湧上，差點控制不住淚腺。

面對這樣的我，洋太發出「啊唔啊唔」的可愛聲音回應。

這時，放在桌角的手機振動了。朝螢幕投以一瞥，原來是應用程式自動更新的通知。

什麼嘛，不是什麼重要的事——

正要移開視線時，注意到畫面上的「三」字。手機螢幕上，顯示出今天的日期和星期。

星期三。

是啊。沒當上班族後，經常過得忘了今天是星期幾。原來今天是星期三。

抱著洋太從椅子上起身，我從邊桌下方的抽屜裡，拿出珍藏的一封信。帶著這封信，再次坐回椅子。

桌上是什麼都還沒寫的空白影印紙，我把這封重要的信攤開，放在上面。

「洋太，爸爸啊，是拜這封信之賜才有現在的喔。」

輕聲這麼說著，我久違地讀起這封信。

第一行是這麼寫的：

「閱讀我的星期三的你，初次見面，午安。」

接下來，信裡描繪了一位成功人士的夢幻日常。

寄件人是一位名叫直美的女士。

直美女士實現成為理想中「麵包店老闆」的夢想，將那間店經營得生意興隆，是一位優秀的經營者。現在已經開了好幾間分店，還經常接受時尚雜誌採訪。

不只如此，員工和顧客都喜歡這樣的她，家人也理解她的工作，願意給予支持——她的人生可說無可挑剔。

這封信的字裡行間透露著滿滿的幸福溫度，連讀著信的我內心都跟著溫暖起來。

過去的我，把「和小柿的穩定生活」放在第一位，為此放棄自己的夢想，還以為「自我犧牲」才是正義。可是，自從讀了這封信，原本的信念開始動搖。換句話說，想成為自由接案者一顯身手的夢想日漸膨脹，原本就嫉妒小沼的我愈來愈無法按捺內心的嫉妒，也愈來愈討厭那樣的自己。

自我犧牲真能換來幸福嗎？

輕視自己人生的我，真能讓家人擁有幸福嗎？

目睹這封信裡散發的「幸福氣場」，我的心像被一隻大手捏住，用力搖晃。

直美女士在信的後半寫了這麼一段話：

「最近我發現一件事。那就是，想讓別人幸福有幾個法則。比方說，我曾經實踐過的是——」

接下來她寫的那三條法則，如今已成為我人生的指南針。

- 不對自己的心說謊。
- 盡可能去做自己認為好的事。
- 讓他人高興自己也會開心。

這位幸福的成功人士直接傳授的三行字，直接貫穿當時的我心中。第一次讀到這三條法則時，我忍不住拿起手機拍下，設成手機的待機畫面，好讓自己隨時都能重讀。

我想，直美女士一定是個謙虛的人。因為在關於這三個法則的說明中，她總在語尾寫上「或許」、「可能」等詞彙。

最後，她如此總結：

「希望你和你身邊的人都能擁有最棒的閃閃發光未來。希望你們臉上永遠帶著笑容。希望你能活得像自己。謝謝你閱讀我的星期三。」

「好懷念啊……」

重讀一次這封信的我喃喃自語。

過去我也寄過一封信給星期三郵局，信的內容是「我要挑戰夢想！」充滿現在回想起來都覺得丟臉的激動熱情。寄出那封信後，星期三郵局轉寄給我的就是直美女士這封信，只能說是命運或奇蹟了。

「洋太啊，世界上一定有所謂命運或奇蹟吧。」

輕聲這麼一說，不知為何，洋太咯咯笑了起來。

受到那純真的笑容影響，我也情不自禁發出呵呵笑聲。

下個瞬間——

笑容在我臉上凝固。

因為，靈光一閃，「遺書」繪本的點子降臨我腦中。

對了！

書名就用片假名寫的《當你一笑》吧。

我凝視一副非常開心的樣子含著拇指吸吮的洋太，這麼決定。

洋太一笑，我就笑了。

只要洋太一笑，小柿一定也會笑。

人只要一笑，心情就會自然而然快樂起來。

就這樣，笑容與笑容帶來的快樂心情，在故事裡宛如漣漪一般擴散、延續……再次回到你身邊。

當你一笑，兜兜轉轉之後，你又笑了。

一個傳送快樂接力棒的故事——

嗯，好像不錯。

我心想，這個世界原本不就是這樣的嗎？現在這一瞬間的心情創造出自己的樣貌，也會延續為未來的樣貌。

正如俗話說的「一刮風，木桶店就賺錢」，一隻蝴蝶展翅造成的影響愈來愈大，最終引發了遠處的一場暴風雨。這就是所謂「蝴蝶效應」。

洋太現在一笑，說不定就會在原本沒有歡笑的世界中展開一個快樂的世界。

比方說，在家附近散步的貓、停在花朵上休息的昆蟲、開在路旁的蒲公英、海面上跳躍的海豚……當然，人類也是——光是活著就會和誰擦身而過，對世界造成或多或少的影響。

這些緣分在不知何處形成連鎖效應，從地球上某個不知名的地方，對某個不認識的人帶來影響。

沒錯。就像這封星期三郵局寄來的信，陌生人的星期三，有時甚至能改變另一個陌生人的人生——

要是能畫出這樣的繪本就好了。

這樣的繪本，肯定能成為描繪幸福本質的「遺書」。

我沉浸在一種浪漫的感覺裡，再次拿起直美女士那封信。

一張、兩張……快速翻閱瀏覽。

第三張信紙上，有著這封信裡文字排列唯一不整齊的地方。

以鋼筆工整書寫的一行一行文字中，只有一個字像是滴上水漬暈開。旁邊畫了一個類似漫畫對話框的圖案，裡面補上短短幾個字。

「拜●柔的家人所賜，我今天也度過了一個『很有自己風格的星期三』。」

暈開的就是這個「●」的地方。

旁邊畫上的對話框裡，寫著「非常溫」三個字。

換句話說，整句話修改為「拜非常溫柔的家人所賜——」

我擅自想像。

直美女士原本寫的是「溫柔的家人」，但「溫」字不巧碰到水暈開了，她就重新寫成「非常溫柔的家人」。

她內心一定充滿了對家人的感謝，才會這麼修改吧。正因直美女士是這樣的一個人，才能成為如此幸福的成功人士。她的那份「感謝之情」，也在兜兜轉轉後回到自己身上了。

現在，直美女士一定也仍不斷透過麵包，為這個世界增加幸福的總量吧……

如此馳騁想像，我把手上的信箋放在桌上，輕輕拍起洋太小小的背。

要幸福。

要幸福。

願你也像直美女士一樣幸福。

一如直美女士的信改變了爸爸，希望爸爸畫的繪本也能美好你的人生。

默默這麼想著，我搖晃背巾，不經意地想像起偶然將直美女士的信轉送到我手中的「星期三郵局」工作人員。

把「星期三的信」這根幸福的棒子交接出去的工作人員，希望您也能獲得幸福……

「洋太也這麼想對吧？」

輕聲對洋太這麼一說，含著拇指的他就給了「啊唔啊唔」的回應。

「喔，我們意見一致呢，不愧是父子。」

我對洋太微笑。

「我說洋太，好好期待吧。爸爸現在就來畫最棒的『遺書』給你。」

毫無根據地想像快樂未來，不知為何，這一瞬間我似乎在真正的意義上產生了以自由工作者活下去的決心。

現在對未來還有一點不安也沒關係。

反正，無論選擇哪條路都是「有利有弊」。

「對吧，洋太？」

對懷中那溫暖的小身軀這麼說完，我直接打了一個呵欠。

那麼——

今晚看來會很漫長了。

內心喃喃自語，輕輕搖晃背巾。

再次輕拍起那小小的、可愛的背。

盡我的全力。

一定要畫出很棒的「遺書」。

一切都是為了書——

夏川小姐嚴厲的聲音，在挺直了背脊的我心中凜然迴盪。

後記

告訴我「星期三郵局」這個企劃的，是執筆當時的女性責任編輯M小姐。我和熱愛喝酒（且酒量絕佳）的M小姐常在都內的美味居酒屋開「討論會兼喝酒聚餐」，那天晚上，她也一邊喝酒一邊睜著閃閃發光的雙眼這麼說：

「其實，我發現一個很適合森澤老師寫的小說題材。」

「……」

老實說，那時我早已決定好下一本書要寫什麼，連大綱都擬定了。然而，從微醺的M小姐口中聽了關於「星期三郵局」的說明後，內心的想法逐漸產生動搖。

「這個題材很有趣耶，來寫吧。」

回過神時，我已經這麼回答了。

這正是M小姐的一句話改變了我未來的瞬間。

日後——我們為了蒐集資料，啟程前往東北。為的是去參觀實際運作中的「星期三郵局」。

時值冬季，作品裡也出現的那個徒手挖掘的隧道口甚至還掛著大條大條的冰柱。嚷著「好冷、好冷」的我們參觀了許多景點，詳情請容我在此保密。因為小說（虛構）世界和真實世界的「星期三郵局」還是有各種不同。話雖如此，現實世界的星期三郵局也是個非常有情調的地方，讀者不妨踏上前往一探究竟的旅程。順帶一提，要是我能再次造訪現實世界的「星期三郵局」，這次應該會帶著釣竿去吧（笑）。

蒐集資料的過程中，我們親睹了美麗的谷灣式海岸風光。然而同時，那裡仍處處殘留東日本大地震肆虐的痕跡，享受美景的同時，內心無法不感到遺憾。

事實上，我在當年三月十一日的前一天，人都還在東北的海邊。換句話說，只要我多留一天，說不定就——或許正因懷抱如此複雜的心境，才得以完成第三章那樣的角色設定吧。

最後，一如作品中的信改變了另一個角色的人生，又如M小姐的一句話改變了我，希望這本書裡的話語，也能將你的未來改變得更加美好！感謝您讀到這裡。

森澤明夫

本作品是根據星期三觀測站主辦的企劃「鮫之浦星期三郵局」所改編的虛構故事。

協助／星期三觀測站

P3 art and environment

遠山昇司

春日
ハルヒブンコ
文庫

168

星期三郵局

水曜日の手紙

星期三郵局 / 森澤明夫作 ; 邱香凝譯. -- 初版. -- 臺北市 : 春天出版國際文化股份有限公司, 2025.07
面 ; 公分. -- (春日文庫 ; 168)
譯自 : 水曜日の手紙
ISBN 978-626-7735-05-3(平裝)

861.57 114006126

ISBN 978-626-7735-05-3
Printed in Taiwan

作　　者　森澤明夫
譯　　者　邱香凝
總 編 輯　莊宜勳
主　　編　鍾靈

出 版 者　春天出版國際文化股份有限公司
地　　址　台北市大安區忠孝東路4段303號4樓之1
電　　話　02-7733-4070
傳　　眞　02-7733-4069
E — mail　bookspring@bookspring.com.tw
網　　址　http://www.bookspring.com.tw
部 落 格　http://blog.pixnet.net/bookspring
郵政帳號　19705538
戶　　名　春天出版國際文化股份有限公司
出版日期　二〇二五年七月初版
　　　　　二〇二五年九月初版三刷

定　　價　399元

總 經 銷　楨德圖書事業有限公司
地　　址　新北市新店區中興路二段196號8樓
電　　話　02-8919-3186
傳　　眞　02-8914-5524
香港總代理　一代匯集
地　　址　九龍旺角塘尾道64號 龍駒企業大廈10 B&D室
電　　話　852-2783-8102
傳　　眞　852-2396-0050